아내를 우러러 딱 한 점만 부끄럽기를

아내를 우러러 ─── 딱 한 점만 부끄럽기를

조이엘 지음 ∘∘

∘∘ 사랑의 내공을 높이는 64편의 인문학적 사유

섬타임즈

본질에는 일치를
비본질엔 자유를
이 모두에 사랑을

머리에서만 머물던 문장을 살아내게 도와준 아내,
한순간도 내 손을 놓지 않은 아내에게 이 책을 바친다.

서양에서는 문어가 음식보다는 바다 괴물로 더 많이 소비된
다. 문어를 '즐겨' 먹는 나라는 스페인, 포르투갈, 이탈리아
등 해산물에 익숙한 몇몇 나라에 불과하다. 왜 그럴까?

- 머리와 다리가 직통으로 연결된 모습이 괴상하다.
- 발에 즐비한 빨판은 구두쇠를 상징한다.
- 물고기를 유인해 잡아먹는 모습이 배반자나 악마 같다.
- 전설 속 바다 괴물 크라켄이 문어다.

한마디로 찝찝하다는 말이다.
한국에선 어떨까? 안동에서 문어는 선비급으로 대접받
는다.

- 매끈한 둥근 머리는 깨달음을 상징한다.
- 바다 밑바닥에서 몸을 낮춰 천천히 다니는 습성은 선비들 걸음과 비슷하다.
- 죽음을 각오하고 알을 지키는 절개가 선비와 닮았다.
- 선비들 글 쓰는 데 필수품인 먹물을 머금고 있다.

뭐, 꿈보다 해몽이니까.

어쨌든 글文을 사랑하는 선비들이 사랑하는 물고기, 그래서 문어文魚다. 이런 이유로 양반 마을 안동에선 제사상에도 문어가 올랐고, 요즘에도 문어 소비가 가장 많은 곳이 안동이다.

글을 뜻하는 문文의 원래 뜻은 '무늬'다. 몸에 새긴 무늬는 문신文身이고, 연못에 돌을 던지면 생기는 물결은 파문波文이다. 천문天文은 수많은 별들이 무늬를 새긴 하늘이라는 뜻이다.

인간이 새기는 무늬는 인문人文이다. 인간은 어디에 무늬를 새기는가?

인간은 하늘과 땅 사이에, 과거와 미래 사이에, 인간과 인간 사이에 제 존재를 새기고 떠난다. 생을 마감하는 날까지 인간이 세상에 남긴 흔적의 총량이 인문이다. 즉, 한 인간의 삶 전체가 인문이다.

거창하게 갈 것 없다. 오늘 내가 타인에게 들려준 정보와 친근한 말투, 표정, 운전하며 내뱉었던 쌍소리 하나하나가 다 인문이다. 나는 오늘 하루, 이 세상에 어떤 무늬를 남겼을까?

이 글은 아내에게 새긴 내 무늬, 아내가 내게 새긴 무늬에 대한 짧은 보고서이자, 그 무늬가 아름답고 향내 나길 바라는 소원문이다.

한 사람의 글이 다른 사람 인생을 끝까지 견인할 수도 있다는 것을 믿는다. 이 글이 누군가에게는 그런 글이기를 바란다.

조이엘

차례

사랑 ——
—— 이란

사람이건 동물이건, 형이상학적이든 육체적이든 욕망을 채울 수 없으면 고통스럽다.

그럼, 욕망을 충족하면 고통이 사라질까?

동물은 그렇지만 인간은 다르다. 욕망이 사라진 자리에 허무와 지겨움이 스멀스멀 들어찬다. 권태다. 권태 역시 고통이다.

권태를 쫓기 위해, 죽을 것 같은 지겨움에서 벗어나기 위해 인간은 새로운 자극과 욕망을 찾아 나선다. 그렇게 욕망과 권태 사이를 그네처럼 왔다 갔다 하면서 스스로를 고통의 톱니바퀴 속에서 소진시킨다.

사랑을 끌어가는 동기 상단부에 욕망이 자리하게 되면 그 사랑이 깨지는 이유도 말라붙은 욕망을 비집고 들어찬 권태 때문이다. 이를 두고 어떤 이들은 호르몬 때문이라고, 뇌의 작용 때문이라고, 인간은 애당초 그렇게 생겨먹은 존재라고 정당화한다. 또 다른 이들은 상담과 약물과 마음챙김으로 극복할 수 있다고 한다.

정말 그럴까?

다른 사람들 사랑 이야기를 단계별로, 종류별로, 입맛대로 골라볼 수 있는 세상이다. 가만히 들여다보면 그곳에서는 온갖 종류 욕망이 낭만으로 포장되고, 교환가치는 판타지로 둔갑하고, 권태는 이별을 위한 합리적 이유로 정당화된다. 모든 것이 가득한 그곳에, 희생과 헌신은 없다.

신적 사랑과 인간의 사랑을 날카롭게 구분하고, 모성애와 우정, 연인 간의 사랑을 다른 범주로 쪼개면서 우리는 사랑을 타락시켜왔다. 윤리, 의무, 희생, 헌신은 빠지고 오감과 욕망이 주인 행세하는 감각적이고 감성적이며 신경학적 상태를 연인 간의 사랑이라 서로에게 세뇌해왔다.

모든 이를 사랑하기 위해 청년 예수는 제 생명을 십자가에 매달았고 청년 싯다르타는 사회적 죽음으로 걸어 들어갔다. 두 청년이 우주적 상상력으로 제 몸 태워 써내려간 사랑시는 세상과 만물과 단어들이 새로운 의미로 불타오르게 했고 의미 분절이 불가능한 절대적 사랑을 우리 정신에 고양시켰다.

덕분에 우리는 다시 사랑할 수 있게 되었다.

청년 예수와 청년 싯다르타가 모든 이를 사랑하기 위해 바친 고결한 희생과 헌신을 내 연인에게 오롯이 바치는 것. 그게 사랑이다.

부모를 사랑하고, 자녀를 사랑하고, 친구를 사랑하고, 반려동물을 사랑하는, 그 모든 사랑을 합친 분량과 두께로 내 연인을 사랑할 때 비로소 사랑을 살게 된다.

사랑이 상식과 판단, 논리를 뛰어넘을 때 그 사랑은 초월의 지렛대가 되어, 쾌락을 넘어 궁극의 행복으로 우리를 휘몰아간다.

사랑에는 수고가 따르고, 그 수고는 죽을 때까지 계속되는 노력이다. 노력하는 한, 인간은 행복하다.

내 기억은
내가 그것을 했다고 말한다.
하지만 내 자존심은
그럴 리 없다고 말한다.
늘 자존심이
기억을 이긴다.

니체

"신이시여, 저 여인이야말로 제 운명입니다. 딱 한 번만 더 도와주세요."

하지만 신이 맺어준 관계도 몇 달을 넘기진 못했다. 그래도 그녀에게 좋은 사람으로 기억되리라 확신하고 싶은 건 내 자존심일 터.

첫사랑이란 단어 자체가 관계를 이끄는 동력이었던 A, 다른 남자들이 다들 좋아하니 덩달아 좋아해 맺어진 B, 내게 먼저 호감을 보여 사귀게 된 C, 나와 너무 달라 끌렸던 D, 그리고 이제는 알파벳 순서로만 남은 몇몇 여인들.

이 중 누구 하나 내 심장을 두드리지 않은 여인은 없었고 공통점을 찾기 어려울 정도로 각각의 매력을 가진 사람들이었지만 결론은 늘 같았다.

친구로 남기는 개뿔, 우연이라도 마주치지 말자.

그리스 신화에서 '행운'을 담당했던 여신 티케Tyche는 로마 신화로 이주하면서 '운명'을 주관하는 포르투나Fortuna로 개명한다. 운명의 여신 포르투나는 거대한 수레바퀴에 인간을 붙여 인간 운명을 '지 마음대로' 결정한다. 그에 따라 인간 운명도 순식간에 변한다. 참으로 덧없이.

여신의 신전으로 나아온 남녀들은 조각난 사랑 혹은 착각의 파편을 쌓으며 여신을 원망하고 저주한다. 하지만 포르투나는 아무 소리도 듣지 않는다. 스스로에 도취되어 운명의 바퀴를 돌리고 돌린다.

삶에서 가장 고약한 것은 자신의 운명이 여신 재량에 달렸다고 믿는 것이다. 사랑이라고 다를까.

저는요,
미친 열일곱이에요.
삼촌이 그러시더군요.
열일곱 살이면
반드시 미치는 나이래요.

레이 브래드버리Ray Bradbury, 《화씨 451》

✳

기억이 닿는 최대한 앞으로 돌아가도 나는 애초에 결혼이
싫었다. 부모님 '덕분'은 좀 이상하고 부모님 '때문'이라면 너
무 불효자인가?

어쨌든 어릴 때부터 내 삶에 결혼은 없었다. 중학교 때는
택시운전사가 꿈이었고, 고등학생이 되면서 물리학자나 철
학자, 수도사가 되고 싶었다. 셋 다 고독과 침묵 속에서 진
리를 갈구하는 모습이 무척 멋져 보였다. 결혼은 부정했지
만 매력 넘치는 여인과 멋진 연애를 갈망했다. 논리도 일관
성도 없다고? 맞다. 그러니 10대 아닌가.

젊은 시절 소크라테스는 우주의 기원과 본성을 연구하는
것만으로도 가슴이 뛰었다. 시간이 지나면서 그것들이 그
리 중요하지 않다고 깨달았다. 남은 생애 그가 부여잡은 화
두는 '어떻게 살 것인가'였다. 신이 인정한 고대 서양 최고
지성 소크라테스에게도 '행복한 결혼 생활'은 난해한 문제였
다. 살아본 결과 그가 내린 결론은 해도 후회, 안 해도 후회
였다. 저 똑똑한 소크라테스도 결혼에서만큼은 갈팡질팡,
논리나 일관성은 말아 드셨다. 그러니 나같은 조무래기 생

각이 이리저리 널뛰는 건 당연하다, 고 믿고 싶다.

노벨평화상을 받은 독일 총리 빌리 브란트Willy Brandt가 말했다.

"오늘의 청년이 불만을 갖지 않는다면 독일의 내일은 없다."

청년일 때만 할 수 있는 고민이 있고 청년들만 가질 수 있는 불만이 있다. 결국엔 그것들이 변화를 이끈다.

밥 딜런Bob Dylan이 불렀다. 〈Blowin' in the Wind (바람에 실려서)〉.

얼마나 많은 길을 걸어야 사람이라 불릴 수 있을까?
하얀 비둘기는 얼마나 많이 바다 위를 날아보아야
백사장에서 편히 잠들 수 있을까?
얼마나 많은 포탄이 날아가야
영원히 쏠 수 없게 될까?
친구여,
그 답은 불어오는 바람만이 알고 있지.

즐거움과 욕망은
적당히 충족해야 한다.
풀 액셀을 밟아 충족된
즐거움과 욕망은
새로운 욕망을 불러일으키거나
권태로 변한다.

쇼펜하우어

서울대학교에 진학 후, 나는 공부에 제대로 미쳤다. 뭔가를 알아갈수록 읽어야 할 책이 오히려 늘었다. 도서관을 벗어날 수 없었다. 대학 생활 내내 카페와 영화관은 한 번도 가본 적 없고, 에버랜드는 지금까지도 못 가봤다. 에버랜드가 용인자연농원이던 80년대가 내겐 최신 버전이다.

결만 다를 뿐 나 말고도 서울대엔 미친 사람들이 많았다. 친한 선배 하나도 공부에 제대로 미쳤다. 국어책에 나오는 시를 지은 분이 친할아버지였고, 서울대를 졸업한 아버지는 지방의 어느 대학 교수였다. 누나들도 죄다 의사 아니면 변호사라고 했다. 그런 집안의 막내, 게다가 외동아들이어서인지 대학원에 진학하자마자 아버지의 결혼 압박이 심해졌다. 그딴 식으로 살면 지원을 끊겠다는 말도 들은 것 같다.

화내는 모습을 한 번도 본 적 없는, 그야말로 영국 신사 같았던 선배는 20년쯤 연상인 여인을 데리고 가서 "결혼할 여자입니다"라고 했단다. 그날 이후 아버지 입에서 결혼 이야기는 쏙 들어갔다. 선배는 집안 도움 없이 유학을 가겠다며 예수회 소속 기관을 들락거렸다.

테트리스 실력은 지존급인데 입체 테트리스는 2분도 채 못 견디는 저열한 공간 지각 능력에 절망한 나. 물리학자가 되겠다던 꿈은 재수할 때 버렸다. 대학에서 인문학을 공부하며 수도사가 되고 싶은 갈망이 더 커졌다. 앞서 말한 미친(?) 선배는 일말의 고민 없이 석사를 수료하더니 쿨하게 모든 것을 던지고 수도사의 길을 갔다.

오케이, 나도 간다! 나는 프란체스코 소속 작은 형제회와 그리스 아토스산 정교회 수도원에 끌렸다.

하지만 나는 수도원에 가지 못했다. 선배와 나는 서있는 지점이 달랐기에 바라보는 풍경도 달랐다. 내겐 부양해야 할 부모님이 있었다. 게다가 나는 내 자신을 잘 몰랐다. 고독한 수도사가 되려면 엄격한 단체 생활과 꽉 짜인 규율을 통과해야 하는데 내겐 거의 불가능한 일임을 간과했다. 나는 고등학교 수학여행, 고등학교 졸업식, 대학교 입학식, 대학교 졸업식을 다 빠질 정도로 단체 행동을 싫어했다. 군대에서는 거의 정신줄을 놓고 지냈다.

어쩌면 나에게 수도사가 되겠다는 꿈은, 세속과 욕망 정반대에 위치한, 고상함을 빙자한 또 다른 욕망이 아니었을까. 풀 액셀을 밟아 그걸 채웠다면 내 삶은 또 어디로 흘러들었을까. 수도원이라고 권태가 없을까. 사람은 언젠가는 본색을 드러내게 되어있다. 어쩌면 나는 안하무인 인간으로 유럽 어딘가를 방황하고 있지는 않았을까.

이뤄지지 않은 꿈, 브레이크가 밟힌 나의 욕망 덕분에 지금 나는 적당히 즐겁다.

（4）

부유한 독신남들에게는
세금을 많이 부과해야 한다.
그들이 다른 남성들보다
더 행복한 것은
불공평하지 않은가.

오스카 와일드 Oscar Wilde

30대 내내 일하는 게 좋았다. 부모님을 서울로 모셔 와 함께 살게 되면서 정서적 안정감이 커지니 일이 더 잘 되었다. 새벽 6시에 집을 나와 자정에 들어갔다. 힘들어도 즐거웠고 지쳐도 행복했다. 커리어가 쌓이니 예금 잔고도 쑥쑥 올라갔다.

거짓말이다. 돈은 이 구멍 저 구멍으로 더 크게 샜다.

30대가 되니 가족, 친구, 지인 들 마음이 더 분주해지나 보다. 얼굴만 보면 소개팅 타령이다. 무조건 좋은 여자란다. 어린 조카들은 학년이 바뀔 때마다 자기들 담임 선생님과 결혼하라고 성화다. 그중 절반은 유부녀인데도 말이다. 초등학교에 남자 선생님이 절대적으로 부족하다는 걸 그때 실감했다. 어쨌든 그 정도야 무시하면 그만이지만 무시할 수 없는 분들이 주선하는 소개팅은 고농도 스트레스였다. 할 말도 없고, 교감도 없고, 의무 방어 시간만 확인하게 되는.

그때 받은 짜증과 스트레스는 지나간 연애들을 냉철하게 돌아보는 계기가 되었다.

설렘 → 좋아함 → 사랑함 → 익숙함 → 갈등 → 파국

한 번도 깨보지 못한 공식이었다. 어쩌면 나뿐 아니라 거의 모든 인류가 따르는 알고리즘일지도 모르겠다. 퇴락하는 시간 흐름에 따라 어쩔 수 없이 겪게 되는. 그러니 더 이상 나를 저 구렁텅이로 밀어 넣지 말자. 나를 아끼자.

그렇게 나는 30대 어디쯤에선가 주변 사람들에게 독신주의자임을 커밍아웃했다.

"그만들 해라 이제. 나는 가는 길이 다르다. 더 이상 나를 귀찮게 하지 마라!"

그리고 SNS에 이런 글도 올렸다.

모든 이들에게 결혼을 허락하라.
그들 역시 고통받도록.

시중에서 통용되는 사랑 알고리즘에 오류가 있다는 걸 깨달은 건 한참 지나서다. 익숙함은 권태를 불러들이는 뒷문이고, 권태는 바이러스인듯 제가 속한 존재를 찢어가면서

덩치를 무한 증식시킨다. 그렇게 익숙함이 갈등이 되는 순간, 파국으로 향하는 문이 열린다. 상대방을 충분히 안다고 생각하는 순간, 사랑은 뒷걸음질 친다.

사랑하는 이의 참된 모습을 보기 위해 우리에게 필요한 것은 상상력이다. 아직 발견하지 못한 것들과 발견되어야만 하는 것들, 다시 발견되어야 할 것들과 새로운 의미를 부여할 수 있는 것들이 상대방 속에, 상대방 주위에, 그리고 상대방 너머에 무한히 깔려있다는 믿음에 대한 상상력 말이다.

5

가장 습관적이고
일상적인 몸짓이라도
영적 행위를 보여줄 수 있다.
길과 그 길을 걷는 것은
종교적 가치를 가질 수 있다.
모든 길은
'삶의 길'을 상징하며
모든 걸음은
'순례'를 상징하기 때문이다.

미르치아 엘리아데 Mircea Eliade

서른여덟 살, 내 영혼이 촛농처럼 뚝뚝 녹아내리는 게 보였다. 더는 서울에서 살 수 없다. 결단하자. 수도원에는 갈 수 없지만 수도사처럼은 살 수 있겠다.

1년간 서울에서의 삶을 차곡차곡 정리했다. 부모님께는 생계를 유지할 고깃집을 차려드렸고, 빌려간 돈을 갚을 수 없어 보이는 지인들 채무는 화끈하게 탕감해줬다. 차도 팔고 필요 없는 책과 자료 들은 폐지 줍는 노인들에게 골고루 나눠드렸다. 남은 책 200박스와 책장, 그리고 두 박스가 채 안 되는 옷을 제주로 보냈다.

제주로 떠나는 날, 김포공항 3층 스타벅스 야외 테라스에 앉았다(당시엔 스타벅스가 있었다. 내 기억이 맞다면). 스타벅스는 말할 것도 없고 카페에 앉아본 게 10년 내 처음인 듯하다. 달달한 카페모카를 마시며 애증이 교차하는 서울에게 고백했다.

'너 덕분에 잘 살고 간다. 고마웠다.'

수도원 같은 제주살이가 시작됐다. 새벽에 일어나 수목

원을 걷고, 책에 파묻혀 하루 종일 공부하고, 저녁엔 해안도로를 2시간쯤 걸었다. 일주일에 한 번은 한라산으로 들어가 없는 길을 걷고 비박도 했다. 1000년 전에 살았던 비잔틴 신학자가 한 말이 내 것처럼 들렸다.

수사는 스스로 세상을 떠나
홀로 신과 함께 영원히 걷는다.

집 안에 냄새 배는 걸 차단하기 위해 프라이팬을 사용하지 않으니 식사도 단출해졌다. 김치, 생양파, 양배추, 삶은 달걀. 사람을 만나면 기 빨리는 내향형 인간이라 제주 지인들도 만나는 횟수를 총량제로 정해놓고 만났다. 물론 책을 전해주시는 택배 기사님의 방문은 언제든 오케이였다.

그렇게 몇 달을 사니 이렇게 행복할 수도 있나 했는데 제 길, 지난 10년을 30년처럼 살았나 보다. 안 아픈 데가 없다. 피부과, 이비인후과, 정형외과, 신경외과, 비뇨기과, 소화기내과. 국가에서 40세가 되면 생애전환기라 검사 항목을 늘려주는 데엔 다 이유가 있었다. 나도 통계와 확률을 벗어날 수 없었다. 수술도 받았다. 가족들에겐 알리지 않았다.

오케이, 이 정도 몸이면 평균 수명 따위는 가볍게 무시하고 환갑즈음에 자연사가 가능하겠다. 그때쯤이면 부모님도 돌아가실 테니 걱정 없고, 누나와 매형이야 잠시 슬퍼할 테지만 잘 살겠지. 일에 미쳐 어릴 때 따뜻하게 한번 안아주지도 못한 조카 둘이 눈에 밟히지만 어차피 외삼촌에겐 별 애정도 없으니 내 자업자득이다. 그래도 혹시나 내가 남길 유산이 있다면 그 아이들 몫이니 그 정도로 외삼촌 역할은 했다고 치자.

당황할 정도로 반복되는 병원 출입은 우주에서 나의 위치를 냉정하게 살펴보는 계기가 됐다. 의사 앞에서, 차가운 검사 기계들 앞에서 나는 철저히 단독자였고 고독자였다. 기계는 내 몸을 구석구석 훑었고, 나는 살아온 시간을 낱낱이 스캔했다.

신은 때때로 자신이 빛이라는 사실을 증명하려고 우리를 어둠 속에 두기도 한다. 그때 우리는 단 하나의 질문에 집중할 수 있다. 피할 수 없는 죽음조차도 없앨 수 없는 어떤 의미가 내 인생에 있는가?

6

당신의 눈과 귀는
현실의 여러 가지 상태가
보이지 않도록
또 당신 자신을 기만하도록
오랜 시간 길들여져왔다.

헤르만 헤세 Hermann Hesse

마흔세 살 되던 봄, 4월이었다. 제주 집으로 엄마와 이모 셋, 거기다 팔십을 바라보는 이모할머니까지 놀러 오셨다. 중학교 때를 마지막으로 30년 만에 뵙는 이모할머니는 애써 거부해왔던 내 기억을 중학생 때로 돌려놓았다.

중학교 3년은 암울했다. 크게 사업하던 아버지가 더 크게 망한 후 우리 가족은 가난하게 살아야 했다. 매일 끼니를 걱정하면서 오순도순 살기는 힘들다. 부모님의 불화는 더 심해졌다.

가난은 불편할 뿐 부끄럽지 않다는 말은 헛소리다. 사람들의 무시와 수군거림을 아무런 방어막 없이 받아내야 한다. 그래서 부끄럽다. 중학생은 더 부끄럽다.

가난은 원래 간난艱難에서 나온 말이다. 어려울 간艱에 어려울 난難, 곱빼기로 어려운 상태. 발음조차 어려워 옛사람들은 ㄴ을 빼고 가난이라 읽었다. 내게 가난은 가난家難, 즉 집을 휩쓴 재난이었다. 열네 살의 내게 가정은 불안과 무기력에 연민이 뿌려진, 카오스였다.

30년 만에 깨달았다. 내가 결혼을 부정하는 근원적 이유를. 나는 결혼 생활이 요구하는 물질적, 정서적, 감정적 비용을 감당할 용기가 없었다. 고결한 신념과 용기를 가진 독신'주의자'라고 스스로를 우쭈쭈 해왔으나 사실은 비겁한 도망자였다.

이런 사실을 깨닫자 진정으로 부모님을 존경하게 되었다. 지옥 같던 시절, 지금의 나보다 더 어렸던 부모님은 어떻게 삶을 포기하지 않고 자식들을 키울 수 있었을까? 남들 사는 만큼도 바라지 않았다. 평균 이하의 삶 끝자리에라도 자식들을 올려주고 싶었지만 계속해서 미끄러지는 고통을 어떻게 견뎌냈을까?

가슴이 아린다. 가정을 깨지 않으려고 극빈과 불화 속에서도 하루하루를 견뎌낸 두 분. 그게 누구 탓이건 말이다. 정말 용기 있는 자는 내 부모님이었다. 그리고 지금도 비슷한 길을 걷고 있는 이 땅의 수많은 부모님, 부부도.

모차르트의 풀 네임은 '요하네스 크리소스토무스 볼프강 고틀리프 모차르트Johannes Chrysostomus Wolfgang Gottlieb Mozart'다. 앞에 붙은 '요하네스 크리소스토무스'는 동로마 제국에서 활동했던 위대한 성인이다. 광개토대왕과 연대가 거의 겹친다고 보면 맞다. 그가 말했다.

"일반인에게 요구되는 것과 수도사에게 요구되는 것이 다르다는 것은 오해다. 전자가 결혼을 한다면 후자는 결혼 하지 않는다는 게 유일한 차이다."

한계와 소명이, 자유와 구속이 동시에 부과된다는 점에서 수도 생활과 결혼 생활은 순교다.

진리는 아는 것이 아니라
되어가는 것이다.
진리를 아는 것은
진리가 되어가는 과정에서
따라오는 것이다.
진리가 되는 것이
진리를 아는 것이다.

키에르케고르

그렇게 내 독신주의는 무너졌다. 늦었지만 용기 있는 자가 되고 싶었다. 적어도 비겁자, 도피자란 부담을 내 영혼에 안기고 싶지 않았다. 부산 사나이는 비겁하게 살 수 없다, 고 어릴 때부터 단단히 세뇌된 게 분명하다.

결혼을 해야 할 것 같다고 하자 지인들이 줄줄이 소개팅을, 자기들 마음대로 연결했다. 그래, 그건 니들 맘대로 하고. 내 조건은 딱 하나였다. 소개팅을 하려면 상대가 제주로 와야 한다.

모임에서 알게 된 지 넉 달된 친구는 펜션을 리조트급으로 운영한다는 제 여사친을 소개했다. 그 친구의 부인은 자신과 10년 이상 친하게 지내고 있는 서울 사는 언니를 만나란다. 어쨌든 선착순이었다.

소개팅 후보 A: 친구 여사친(경기도 거주)
소개팅 후보 B: 친구 부인의 친한 언니(서울 거주)
소개팅 후보 C: 지인의 지인의 딸(경남 거주)

나와 동갑인 첫 번째 소개팅 상대 A는 당장이라도 나를 보러 제주에 오고 싶은데 소화해야 할 일정들이 있어 두 번째로 밀렸다. 얼떨결에 처음으로 소개팅을 하게 된 B는 "내가 왜? 지가 서울로 오라고 해!" 하면서 못 온다고 했다.

　한 달 후로 일정이 잡힌 세 번째 소개팅 예정자 C가 졸지에 1번으로 자리바꿈할 즈음, B가 마음을 바꿔 제주로 오겠다고 한다. 친구 부인이 갈치 풀코스를 대접하겠다며 꼬셨다는데 지금 생각해도 웃기는 소리다. 마흔이 넘었다니 결혼이 급했던 게지. 어쨌거나 내 맘엔 원픽이었다.

　5월 중순, B가 저녁 무렵 제주에 도착했다. 친구, 친구 부인, 친구 아들, 친구 부인의 친구(B와도 친함), 거기다 다른 지인 세 명(B와 생면부지)이 추가된 희한한 조합으로 해물라면집에 갔다.

　한 그릇에 1만 5,000원이라 10만 원을 훌쩍 넘길 라면값을 속으로 욕하면서 국물까지 탈탈 털어 먹었는데 저쪽 귀퉁이에 앉은 B는 두 젓가락 들고 끝이다. 퍼진 라면은 못 먹는단다. 물은 탄산수만 가지고 다니면서 마셨다.

　'친구 부인이 서울각쟁이 부르주아를 섭외했군. 피곤한데.'

다음 날, 어제 모였던 멤버들이 다시 모여 휴양림 트레킹을 갔다. 남녀 소개팅에 줄줄이 따라붙은 사람들이라니. 꽤 웃기는 모양새였다. 그들은 내향형인 나를 돕기 위한 구조대였다. 그런데 눈치 없는 지인 한 명이 B와 계속 대화를 나눈다.

"요즘 연남동이 뜬다면서요?"
"공항철도가 생겼다던데 그거 타고 오셨어요?"
"강남에서도 오래 근무하셨다고 들었는데 맛집을 정말 많이 아시겠네요?"

질문만 해서 미안했는지 정보도 하나 푼다.

"지금 맡으신 냄새가 더덕향이에요. 이 주변을 파보면 분명히 더덕이 나와요."

하아, 내가 끼어들 틈이 없었다. 이 희한한 모임의 목적을 잊었나? 왜 이러는 걸까?
돌아오는 길에 용기를 냈다. 일부러 속도를 높여 지인들을 따돌리는데 B도 순순히 나와 속도를 맞춰 걸었다. 오, 이건 20년 만에 받은 그린라이트?

　그렇게 둘이서만 산길을 걸었다. 서울깍쟁이로 보였던 첫인상과 달리 대화가 술술 잘 통했다.

　트레킹을 마친 후, 친구 부인(B를 소개해줌)과 친구 부인의 친구(B와 친함)만 바람잡이로 남았다. B는 의외로 3,900원짜리 콩나물 해장국집에도 군말 없이 들어갔다. 물론 힘든 영세 사업자 식당에서 날달걀을 두 개나 국밥에 풀어서 먹는 건 충격이었다. 달걀은 지가 두 개나 풀어놓고 비리다고 깍두기를 몇 번이나 리필한다.

　운전을 해야 하는 나를 제외하고 세 여인은 반주로 막걸리도 들이켰다. 게다가 이 여인, 수전증이 있는지 막걸리 잔을 엎어 주변을 난장판으로 만든다. 심지어 차에서 내리며 혼자 넘어지기까지. 그러고선 혼자 깔깔깔 웃는다. 처음 보는 신박한 캐릭터였다.

　콩나물 해장국을 든든히 먹고 다시 한적한 도로를 달리는데 B가 소변이 마렵단다. 뭐 그럴 수 있지. 그런데 요구가 엉뚱하다. 5성급 호텔에서만 화장실을 가겠단다. 정말 듣도 보도 못한 캐릭터다.

애는 뭐지?

근데 살짝 정이 간다. 십수 년 만에 만난 여인이라서 그런
가? 온통 물음표 투성이였다.

8

사람마다 제각각
사랑을 정의하는 바람에
사랑은 늘어난 제 무게를
견디지 못하고 있는 것은 아닐까?

제주 사흘째, B와 나는 이제 슬슬 얼굴이 익어 떨거지들, 아니 주변인들은 다 떼놓고 단둘이 만났다.

친구 차를 빌려 둘이서 평화로를 달렸다. 평화로는 40킬로미터쯤 떨어진 제주시와 서귀포시를 연결하는 큰 도로다.

입을 맞춰보니(오해 마시길!) 우리는 같은 한국인이 맞나 싶을 정도로 접점이 없었다. 성장 환경, 직업의 결, 취미, 친구 집단, 고향, 부모님 고향, 가족 성향, 해외여행 경험, 좋아하는 나라, 좋아하는 음식과 음악 등이 죄다 달랐다.

접점이 있긴 했다. 딱 두 개.

우린 둘 다 동료 인간을 바라보는 태도가 따뜻했다. 그리고 평화로가 20년쯤 전에는 서부산업도로였다는 걸 알고 있었다. 즉, 둘 다 연식이 오래되었다.

접점이 적으니 적은 접점이 오히려 마음속에서 크게 울렸다. 눈과 입은 자동응답기 수준으로 B에게 맞추고 뇌세포를 따로 돌렸다. 대학교 입학 시험을 칠 때보다 더 빨리, 가열차게 돌렸다.

'지난 연애들은 왜 실패했을까? 나나 그들이나 특별히 악인도 아닌데.'

혼자 살며 도인에 가깝게 생활했더니 깨달음도 빨리 왔다. 언젠가 읽었던 책 구절이 도끼가 되어 머리를 때렸다.

사랑은 인내이자 이해,
온유함이자 모든 것을 참는 것.

뭐야? 그럼 사랑은 감정이 아니라 이성적 결단인가? 사랑하겠다는 결단?

두려웠다. 결단이라는 이성 작용만으로 연애가 가능할까? 결혼이 가능할까? 하지만 지나간 실패들을 보건대 그게 맞을 가능성이 높다. 그렇게 나는 평화로를 탄 지 30분쯤, 새별오름의 유려한 라인이 살며시 보일 때 B에게 고백했다.

"사랑은 감정이 아니라 결단인 것 같소. 결단했으니 죽을 때까지 지켜내는 것이오. 그런 점에서 나는 당신을 사랑할 수 있을 것 같소."

B는 어떻게 반응했을까?

눈으로 욕하는 게 보이더라.

'뭐래?'

9

다시 시도해라.
다시 실패하고,
더 나은 실패를 하라.

사무엘 베케트 Samuel Beckett

난데없는 고백에 썰렁해진 분위기를 뒤로 하고 우리는 군산 오름에 올랐다. 20분이면 올라갈 수 있는 수월한 오름이지만 정상 부근은 꽤 가팔라 합법적 스킨십이 가능하다. 이 여인, 내 손도 척척 잘 잡는다. 내가 마시던 물병도 개의치 않고 그대로 받아 마신다.

이 정도면 그린라이트?

그래, 아까는 바람 소리에 내 말이 묻혀 제대로 못 들어서 답이 없었던 거야. 더구나 이 여인은 10년이나 남편을 달라고 애타게 신께 기도했다잖은가. 딱 10년 되는 해에 내가 등장했으니 나는 신의 응답이겠군.

나는 B와 함께 내가 가장 좋아하는 한라산 중턱에 있는 녹차 공원으로 갔다. 서귀포가 서라운드뷰로 들어오는 전망대에 서서 한참을 머릿속으로 시뮬레이션을 돌리다 곧 퇴장 시간이라는 알림을 받고 급하게 말을 내뱉었다.

"나랑 사귑시다!"

여인은 한 치 고민도 하지 않고 말했다.

"싫은데요."

뭐지 이건? 손도 잡고 물도 같이 마셨는데 이 여인은 도대체 뭐지?

사십이 되면 어지간한 세상사엔 흔들리지 않는다는, 그래서 '불혹'이라 이름 붙였던 공자님, 당신이 틀렸네요. 불혹을 넘겨도 이성에게 차이는 건 부끄럽고 힘듭니다. 돌아오는 차 안은 공기마저 민망했다.

B를 숙소에 내려주고 집에 돌아와 사흘간의 시간들을 하나하나 복기해봤다. B는 틀렸으니 A와 C를 만나봐야 하나 고민했다.

그런데 희한하게 다음 날 나는 또 B를 불러냈다. 논리적으로는 다음 소개팅으로 넘어가야 하는데 이성과 감정은 합동으로 그러지 말란다.

우리는 다시 데이트를 했고, 저녁 무렵 다시 물었다. 왠지 그래야 할 것 같았다.

"마지막 건의요. 나랑 사귑시다."

"그러죠."

뭐지 이건? 고단수 길들이기인가?

　우리의 1일은 싱겁게, 그리고 뜨겁게 시작되었다. 그렇게
B는 총 일주일을 제주에서 보내고 서울로 돌아갔다.

10

두려움의 원천은
미래에 있다.
미래로부터 해방된 자는
두려움이 없다.

밀란 쿤데라 Milan Kundera

서울로 돌아간 B. 문자에서, 통화에서, 가냘픈 호흡에서 주저함과 후회가 전해온다. 현타가 왔음이 분명했다.

'내가 제주에서 뭘 하고 온 거지?'

이 정도 생각이었을 것이다.

내가 사랑하기로 결단한 사람이 고뇌하는 걸 볼 순 없었다. 열 번 찍어 안 넘어가는 나무, 있다. 더구나 사람은 열 번 찍으면 안 된다. 싫다는데 들이대는 건 폭력이다. 시린 마음으로 문자를 보냈다.

오늘은 어떤 하루였소?

헛디딘 발로 혼자 멋쩍어 하지는 않았소?

맛없는 식당 밥에 살짝 짜증나지는 않았고?

하늘 한 번 볼 짬 없을 정도로 바빴겠지.

당신을 생각하면 모든 게 걱정이오.

정신은 조금 돌아왔소?

지난 한 주, 당신을 너무 몰아세운 것 같소.

내 확신이 너무 강하다는 이유로.

어쩌면 그것은, 당신에겐 일종의 폭력이었을 수도 있었겠소.

미안하오.

생각해보니 우리의 관계를 향한 내 확신과 당신 확신엔

약간의 갭이 있는 것 같소.

그래서 지금이야말로 당신이,

당신 자신과 날카롭게 독대할 시간인 것 같소.

내가 쏟아내는 감정과 열정이 당신 판단과 확신에

영향을 주지 않도록 나는 기다리겠소.

5개월이든 5년이든.

5개월은 너무 그렇고 50일쯤은 속 끓여야 비련의 남주처럼 멋지게 보일 텐데, 5분도 지나지 않아 여인이 전화를 했다. 그날 밤 우리는 새벽녘까지 진심을 나누었다.

"달이 그대로네. 목성은 사라졌고. 좀 더 손잡아줄 걸. 잘 자요."

어릴 때부터 가고 싶던 길이 있었다. 사막을 건너 숲으로, 광야를 건너 바다로. 문득 정신 차려보니 다른 길을 건고 있다. 언제부터 길을 잃었을까. 어디서부터 삶이 꼬여 버렸을까.

쉬면 안되니까 걸었고 걷지 않고서는 견딜 수 없으니까 걸었다. 지금에 와서 보니 애시당초 길이란 건 없었다. 쉬지 않고 이어온 내 발걸음이 길이었다. 어제도 걷고 오늘도 걸어 내일도 걸어야 할 길, 내 길.

어릴 땐 생각도 못했던 길이다. 이젠 그 길이 바로 내 길이었음을 깊이 깨닫는다.

나는 천체 운동을
명확하게 계산하는 능력은
있었지만
사람들 광기를
헤아리는 능력은 없었다.

주식 투자에 폭망한 뒤 뉴턴이 말했다.

해외 출장에서 돌아온 B가 나를 서울로 호출했다.

"엄마 아빠가 집에서 같이 식사하자는데 올 수 있겠어요?"

마다가스카르에선 차 열쇠도 옵션이라지만 이건 선택 불가다. 무조건적 명령이다. 말하는 자도 알고 듣는 자도 안다.

이번엔 현타가 내게로 왔다. 이럴 줄 알았으면 재산이나 알뜰히 모아 놓을 걸. 딱 1인분으로 세팅된 삶은 여인을 맞이하기에 무척 초라했다.

  - 주거: 15평 아파트(보증금 500만 원, 연세 750만 원)
  - 직업: 딱히 없음
  - 수입: 학생 한 명 과외비
  - 예금: 100만 원 이하
  - 차량: 없음
  - 부동산: 경기도 구옥 한 채. 선배가 거의 공짜로 거주함
  - 나이: 43세
  - 별명: 기인

어느 하나 빠지지 않고 나쁘다. 청년들은 젊음이라도 있지. 나라면 이런 남자와 결혼할 수 있을까? 이런 사위를 허락할 수 있을까?

기적이 일어났다. B의 부모님은 나를 허락하셨다. B 역시 서울에서 이룬 화려한 커리어를 버리고 내 삶으로 과감하게 뛰어들었다.

그때는 그런 줄 알았다. 살아보니 모든 것을 버리고 상대방 삶에 뛰어든 건 나도 마찬가지였다.

사랑은, 결혼은, 극단까지 나를 밀어붙이는 숭고한 작업이다. 자잘한 습관에서 자아 정체성까지 내 모든 것을 희생하고 헌신할 때 아름답게 완성된다. 그래서 사랑과 결혼은 누구나 할 수 있지만 아무나 할 수 없다. 용기 있는 자만이 할 수 있다.

내 여인은, 남들은 줘도 안 가질 빈털터리 기인에게서 그런 용기를 발견했나 보다. 눈에 보이지 않는 산소와 수소가 만나 세상을 아름답게 만드는 물이 되듯이, 산소에 가장 잘 어울리는 수소로 나를 선택했다.

내 여인은 승부사였다.

미국 신학자 라인홀드 니버Reinhold Niebuhr는 이렇게 말했다.

해낼 가치가 있는 것 중
살아 생전 완성할 수 있는 것은 없다.
그래서 우리에게는 희망의 구원이 필요하다.
진실되고 아름답고 선한 것 중
오늘 당장 완전히 이해할 수 있는 것은 없다.
그래서 우리에게는 믿음의 구원이 필요하다.
아무리 선하고 도덕적인 것이라도
혼자서 그것을 이루어낼 수는 없다.
그래서 우리에게는 사랑의 구원이 필요하다.
내가 행한 선이 타인에겐 그렇게 보이지 않을 수도 있다.
그래서 우리에게는 용서의 구원이 필요하다.

12

색깔 없던 마음을
그대 색으로 물들인 후로는
그 색깔 바래는 것은
생각할 수도 없다.

기노 쓰라유키 紀貫之

당신과 보던 달, 북두칠성도 사라진 밤
가던 길을 세우고 눈을 감는다.
들린다. 요동치던 당신 심장이.
20XX년 6월 4일 9시 24분

상대방의 단점과 못난 점까지도 사랑할 것.
그렇게 되도록 단련할 것.
20XX년 6월 5일 10시 47분

비가 오락가락해 운동을 갈까 말까 했는데
베란다에서 무지개를 보고는 안 갈 수 없었소.
비 덕분에 사람들도 없고
가로등 불빛만 깔린 수목원.
차분히 내려앉은 어둠과 데이트를 즐기는데
숲속 어딘가에서 흘러나오는 향기 조각에
당신 이름을 부를 뻔했소.
미쳤구나, 하고 혼자 웃다가
어느새 내 삶의 향기가 되어버린 당신을 생각하니

가슴이 벅차오.

20XX년 6월 8일 21시 30분

플라톤은 시인을 추방해야 한다고 했다. 진리를 모방한 게 현실인데 그 현실을 또 모방했으니 이중 모방질이 열등하다고 봤다. 시는 감정을 북돋워 이성을 가리니 해롭다고도 했다.

데카르트는 다르게 말했다. 철학자들 글보다는 시인들 글에서 심오한 사상을 만날 수 있다고 했다. 시인들은 격정과 상상력을 통해 우리 속에서 무언가를 끄집어낼 수 있는 존재라고 했다.

나는 거의 평생 데카르트보다는 플라톤 편이었다. 하지만 사랑이 나를 변화시켰다. 시를 쓰는 건 사람과 사람 사이 거리를 메우는 일이다. 시를 쓰는 사람은 제 영혼을 점검하고 시련 속에 영혼을 단련시켜 사랑하는 이에게로 한 발짝씩 다가간다.

시는 고민을 걷어가기에 자주 붓을 들었고
술은 가슴을 적셔주기에 때로 잔을 들었다.

광해군 때 사람인 권필이 쓴 시다. 우연히 발견한 퇴계 이황의 글도 반갑다.

시를 작은 재주라 비웃지 마라.
가슴 속 오묘한 진리를 그릴 수 있다.

13

소리에 놀라지 않는
사자와 같이
그물에 걸리지 않는
바람과 같이
진흙에 물들지 않는
연꽃과 같이
무소의 뿔처럼 혼자서 가라.

《숫타니파타》

나는 열 살 때 출가, 혹은 가출할 뻔했다.

"니가 이렇게 꼴통일 줄 알았으면 영도다리 밑에서 안 주워 왔을긴데."

개구진 아들 키우느라 힘들었을 엄마지만 하도 여러 번 들으니 진짜 엄마가 영도다리 밑에서 내 이름을 애타게 부르고 있을 것도 같았다.

"잘들 살아라. 나는 진짜 엄마한테 간다."

세 살 터울 누나가 내가 태어나는 걸 두 눈으로 봤다며 울며 붙잡았지만 믿을 수 없었다.

"내가 태어났을 때 누나도 아기 아니었어?"

나중에 보니 내 형제들 많더라. 부산에선 엄마 말 안 듣는 녀석들은 죄다 영도다리 밑에서 주워 왔다고 말하는 시절이 있었다.

대충 그 즈음부터 우리 집안에서 내 캐릭터는 꼴통, 조금 포장하면 언터처블이었다. 어릴 때 심한 빈곤을 겪으면서 웃자란 면도 있고 고생하는 부모님을 하도 오래 봐 연민과 효성이 디폴트가 되기도 했지만, 내 속에 도사리고 있는 꼴통 기질은 마흔이 넘어도 사라지지 않았다.

"대한민국 많은 여성들이 시월드 때문에 힘들어 한다고 들었소. 내 여인에게 그런 건 없소. 평생 시월드 스트레스는 안 받게 해주겠소."

"시댁 식구를 미리 봐서 뭣하겠소? 그냥 우리 식구들은 결혼식장에서 보는 걸로 합시다."

진심이었다. 나는 그렇게 할 수 있다. 내 여인이 편할 수만 있다면.

광해군 때 어떤 형제가 부모님 유산 문제로 소송이 붙었다. 똑똑한 이가 한 마디 던지자 감동받은 형제가 곧바로 화해한다.

"형의 뼈는 아버지 뼈고, 동생의 살은 어머니 살이다."

감동이지만 이런 마인드를 여인에게 강요하면 백발백중 실패다. 여인에게 내 원가족은 완벽한 타자이기 때문이다. 원가족에게 여인 역시 타자다.

타자는 어떤 존재일까? 주겠다는 노벨상도 "됐거든"이라며 쿨하게 거부했던 프랑스 철학자 샤르트르 말이다.

타자란 내 뜻대로 안 되는 존재다.

14

자공 : 기인은 어떤 사람입니까?

공자 : 보통 사람과는 다르지만
        하늘과는 같은 사람이다.

《장자》〈제6편 대종사〉

결혼 전 시댁에 인사는 반드시 드려야 한다는 여인의 간청으로, 드디어 본가에 여인을 소개하는 날이 왔다. 결혼을 결심해준 것만 해도 우리 집에선 이미 잔 다르크급 영웅이었다.

엄마, 아빠, 누나, 매형, 큰 조카, 작은 조카. 내가 사랑하는 가족들이 거실에 올망졸망 신기한 눈망울로 모여 앉았다. 처음 보는 사람에겐 무조건 적대감을 드러내던, 내가 자식처럼 사랑하는 반려견은 앞으로 재편될 잠재적 권력 순위를 예감했는지 이상한 걸음걸이로 여인 앞에 가더니, 몸을 숙이고 꼬리를 흔드는데 꼬리가 떨어질 것 같다.

기본적인 인사가 끝나자마자 나는 선빵을 날렸다.

"질문은 1인당 한 개씩만. 나머지는 문자로! 딱 두 시간 후 우리는 일어난다. 시월드에는 오래 있으면 안 된다."

별난 놈 또 시작이라며 엄마는 눈으로 욕했고, 조카들 역시 꼴통 삼촌이라며 입을 삐쭉거렸다. 그러든 말든 내 여자는 내가 지킨다.

"아가씨, 고향이 어디에요?"

"서울 여자다. 엄마 질문 끝났다."

"아니에요, 어머님. 궁금하신 거 다 물어보세요."

"니보다 백 배 낫다. 우린 아가씨랑만 얘기할 기다."

내 엄마는 자식에 대한 사랑, 자부심, 집착이 대단하다. 그 어려운 살림살이 속에서도 딸을 명문대에 보냈고, 어디 가서나 사람 좋고 인상 좋다는 평판을 받도록 아들을 키웠다. 이제는 바쁜 딸 대신 손녀 둘을 태어날 때부터 성인이 될 때까지 직접 키웠다. 그렇게 해야 당신 딸이 조금이라도 편해서란다.

음악 하는 둘째 손녀를 3년 내내 예고, 레슨실1, 레슨실2로 종횡무진 실어 날랐다. 주위에선 장한 할머니로 칭찬이 자자하고, 맞벌이로 자식들을 키우는 이종 사촌들 사이에선 '엄마는 왜 이모처럼 못하냐'의 '이모' 역을 맡고 있다.

나에 대해서도 마찬가지다. 어쭙잖은 학벌 때문에 지독히도 과대평가된 나에 대한 자부심이 상당하다. 드라마에서 많이 봤다. 이런 시어머니는 며느리를 불편하게 할 확률이 100퍼센트라는 걸. 그래서 내가 단호하게 나가야 내 여인이 편할 수 있다고 판단했다. 내 가족들이 섭섭해하더라도 말이다.

보수와 진보 양쪽에서 두려움과 불편함의 대상이었던, 가톨릭 신부 출신 위대한 사상가 이반 일리치Ivan Illich가 말했다.

"사회를 바꿀 수 있는 것은 폭력 혁명도 아니고 점진적 개혁도 아니다. 대안적인 이야기가 세상을 바꾼다."

15

무항산무항심 無恒産無恒心

항산이 없으면 항심이 없다.

돈이 없으면 깡도 사라진다.

맹자

연애 60일 차를 결혼 1일 차로 치환하는 신공을 발휘하고 싶었으나 여인이 바빴다. 바빠도 너무 바빴다. 해외 출장 두 건이 9월에 끝나니 10월 초나 되어서야 결혼식을 할 수 있었다.

나는 파리에 가본 적 없지만 에펠탑 1층에 위인 이름 72개가 적힌 걸 안다. 그중 하나가 수학자 조제프 루이 라그랑주Joseph Louis Lagrange이며, 제임스 웹 우주망원경이 영구 주차 중인 우주공간이 라그랑주가 발견한 '라그랑주 2 포인트'라는 것도 안다. 두 손바닥을 쫙 편 후 양손이 붙기 직전까지 접근시키면 느껴지는 온기는 기氣가 아니라 손바닥에서 나오는 적외선 때문이라는 것도 안다. 원적외선은 투과 범위가 0.2밀리미터라 각질을 통과하기 힘들다는 것도 안다.

하지만 나는 '스드메'가 뭔 줄 몰랐고 결혼식에 얼마나 쓸 데없는 비용이 많이 드는지도 몰랐으며 결혼식 준비에 그렇게 많은 일이 동반된다는 사실도 몰랐다. 그 외에도 내가 모르는 세상이 너무 많았다. 다행히 여인은 내가 모르는 여러 세계에서 지존이었다.

여인은 거품 낀 결혼식이 싫다고 했다. 직계 가족들만 모시고 하와이에 가서 결혼과 신혼여행을 동시에 진행하자고 했다. 대부분 과정을 생략할 수 있으니 한국에서 할 때랑 비용 차이는 크지 않단다.

바다 건너는 여행이라곤 제주도와 강화도를 가본 게 전부인 나로서는 따라가기 힘든 혁명적 사고였다. 말 그대로 지구'촌' 스케일.

대단하다. 하지만 내 몸이 따라주지 않았다. 나는 수퍼 INFP니까.

양가 부모님이 모두 서울에 계시고 여인의 남동생 가족, 내 누나 가족도 그러하니 서울에서 식을 올리는 게 합리적이었다. 하지만 우리 둘 다 각자 걸어 온 삶에서 '합리'를 우리만의 방식으로 재정의한 지 꽤 됐다. 지인들은 나를 '기인'이라고 했지만 속으로는 '또라이'로 생각한 거 다 안다.

우리가 흔쾌히 합의한 차선책은 제주도였다. 지인들이 못 오게, 못 오더라도 미안해하지 않도록 수요일 오후 2시에 결혼식을 하기로 결정했다. 양쪽 각 20명씩 최정예 요원만 참석하는 것으로.

그동안 뿌렸던 축의금 회수는?

깔끔하게! 폼나게! 포기했다. 하지만 돈이 궁해지면 한 번씩 생각난다. 나는 몇천만 원이지만 기자 생활을 오래 했던 여인은 억대란다. 정녕, 인생은 깡인가?

16

충격적인 만남이라는 것이 있다. 처음 보는 순간 일체의 언어를 잃어버리고 망연자실 멈춰 서있게 되는 그런 만남이 있다. 벼락이 꽂혀 등줄기로 전류가 치달린 듯한 순간이다. 그런 만남을 많이 겪은 사람일수록 인생이 풍부하다.

다치바나 다카시立花隆,《에게, 영원회귀의 바다》

나는 성당이나 교회에서 결혼하길 원했다.

여인은 단칼에 거절했다. 예쁜 펜션이나 보리밭에서 가족과 지인 몇 명만 불러 파티 같은 스몰웨딩을 하는 게 오랜 꿈이었단다. 내가 너무 늦게 등장해 원빈-이나영 부부에게 최초 타이틀을 뺏기고 짝퉁 소리나 듣게 되었다며 눈을 흘겼다.

묘하게 설득이 된다. 그래, 내가 너무 숨어있었구나. 속죄하는 마음으로 결혼식장 선택은 여인에게 일임했다.

그런데 이 여인, 폭주하기 시작한다. 조천 바닷가 바로 앞에 숨은 시리도록 아름다운 펜션 하나를 섭외했다. 문제는 야외 공간이 펜션 시설물들로 분할돼 40명이 들어설 공간이 없었다.

"여기엔 다섯 명도 못 서겠소."

여인의 대답이 참으로 창의적이다.

"하객들은 펜션 안에서 창밖으로 내다보면 되잖아."

하지만 같이 간 동생에 이어 펜션 주인까지 고개를 갸웃거리니 여인도 고집을 꺾고 펜션 웨딩은 포기했다. 해안도로를 달리다 "오빠, 잠깐!" 하더니 총총총 내려 감탄한다.

"바로 이곳이야! 풍력발전기와 돌담, 바다가 기묘하게 어울리네."

예쁘긴 하다. 내가 제일 좋아하는 해변이기도 하고. 하지만 바닷가에 큰 정자 몇 개가 전부인, 이름만 공원이다. 밖에서 봐도 내부 상황이 짐작 가는 야외 임시 화장실 하나가 전부. 주변에 그 흔한 편의점 하나 없다. 이곳도 패스.

넓은 잔디밭이 기막힌 애월 한담 바닷가 카페를 발견했다. 여인도 바로 이곳이라며 만족했고 주인 허락까지 받았다. 청첩장까지 찍었는데 주인에게서 뒤늦게 전화가 온다.

"10월이라 바닷바람에 어르신들 입 돌아가실 수도 있어요."

진작 좀 말씀하시지. 왜 어르신들 입 돌아가게 할 10월 바람은 9월이 되어서야 알게 되셨을까? 왜 계약 당시에는 모르셨을까?

여러 의문이 불평과 원망으로 변해 입 밖으로 나오려는 순간, 카페 주인이 야외 웨딩 사업을 계획 중인 골프 리조트 이사님을 연결해주었다. 우리 결혼식을 베타테스트로 사용하고 싶으시단다. 그렇게 기막힌 인연과 인연들이 날줄과 씨줄로 엮여 스몰 웨딩 비용으로 멋진 빅 웨딩을 올렸다.

가끔 우리가 결혼할 뻔했던 장소들을 지나갈 때마다 우린 낄낄거린다.

"저기서 했으면 양가 부모님들에게 두고두고 욕 들었을 거야."

결혼할 뻔했던 장소가 한림, 애월, 구좌 등 곳곳에 있으니 웃을 일도 많다.

17

나였던 그 아이는
지금 어디에 있을까.
아직도 눈물 흘리고 있을까.
어쩌면 내 속에
그대로 있는 것은 아닐까.

중학교 3년이 가난으로 힘들었다면 고등학교 3년은 내 맘 대로 할 수 있는 게 없어서 지겨웠다. 에라 모르겠다며 닥치 고 공부만 했다.

수학여행을 안 간 건 소심한 반항이자 어쩌면 절규였다. 학교에 가서 출석 체크하고 두세 시간 시킨 대로 자습한 뒤 좋아하는 금정산에 올라가 혼자 놀았다.

대학교는 흥미진진했다. 혼자 공부할 수 있고 내 맘대로 공부할 수 있는 게 너무 좋았다. 내 생활을 꾸릴 만큼 돈도 벌 수 있어서 행복했다. 어쨌든 그렇게 내 인생에서 학교라 는 단어는 영원히 끝일 줄 알았다. 그런데.

여인은 '결혼예비학교' 입학과 우등 졸업이 결혼 조건이 라며 농담인지 진담인지 헷갈리는 말을 던졌다. 나는 호쾌 하게 웃으며 자신 있게 말했다.

"그런 학교는 세상에 없소. 있다고 해도 제주에는 없소."

있더라. 여인은 온갖 비선조직을 가동해 제주에 살고 있 는 '결혼·부부 상담' 전문가를 찾아냈다. 그런 영역이 있다는 것, 처음 알았다. 세상은 넓고 내가 모르는 것은 너무 많았다. 우리 커플을 포함해 여덟 명이 모여 주당 1회씩, 6주간 전문가로부터 강의를 들었다. 주말마다 비행기 타고 내려오는 여인에게 미안하기도 했고, 뭐 저렇게 무리를 하나 싶은 생각도 들었다. 하지만 내 여인은 지혜자요 선지자였고, 나는 완전 결혼 무식자에 교만자였다.

남자는 여자를 유혹하고 여자는 남자를 선택한다는 전문가 선생님 말은 흥미로웠다. 남편이 아내를 사랑하는지, 아내가 사랑받고 있는지 알 수 있는 가장 쉬운 방법은 아내 표정이라는 말 역시 신박했다. 내 속에 단단히 얼어붙어있던 교만을 깬 도끼는 딱 한 줄이었다.

부모로부터 '완전히' 독립하라.

나는 예전에 독립했는데? 완전히 독립하라고?

결혼이란 부모에게서 완전히 독립하는 것이다.
육체적으로 완전히 독립해야 한다.
정서적으로 완전히 독립해야 한다.

경제적으로 완전히 독립해야 한다.

결혼은 배우자와 둘이서 함께 서서 걷는 것이다.
모든 일에서 배우자가 최우선이다.
그렇다고 양가 부모님을 존경하는 것을 잊어서는 안 된다.
양가 부모님을 보살펴드리는 것을 잊어서는 안 된다.

생각도 못했던 명제들이다. 부모님에 대한 연민, 특히 엄마
와 애착이 깊은 나로서는 이마에 박제해야 할 가르침이었다.
이후 나는 결혼예비학교 홍보자가 되었다. 결혼하려는
커플, 결혼했지만 삐걱거리는 커플, 심지어 청소년들에게도
학교 입학을 강력히 권하고 있다.

우리는 기껏 2년에서 6년짜리 대학에 들어가려고 적게는
3년, 많게는 12년을 악착같이 투자한다. 하지만 배우자와
반평생을 함께 보내야 할 결혼 생활을 위해서는 일주일도
공부하지 않는다.
참 이상한 일이다. 공부는커녕 설명서 한 장 없다. 아주
오래전, 이케아 서랍장 하나를 조립하는 데 한 시간이나 걸
렸다. 설명서를 봤는데도.

18

HE WHO KNOWS ONE, KNOWS NONE.

하나만 아는 사람은
아무것도 모르는 사람이다.

괴테

내 여인은 연예부 기자 출신이다. 이래저래 알게 된 연예인들이 좀 있다. 사귄 지 100일쯤 되던 날이었다. 오래된 아이돌 그룹의 잘 생기고 매너 좋은 남자 가수가 여인 SNS에 글을 남겼다.

> 잘 지내시죠? 덕분에 감사했어요♥

외간 여인에게 왜 하트를 날리지?

> 별말씀을요! 파이팅♥

어랍쇼. 내 여인까지. 이런 하트 사용법은 상상도 못했다. 무슨 의미일가? 혹시 둘이 사귀었나? 왜 나한테 말 안했지? 싸해진 분위기를 카톡 상에서 느꼈는지 여인이 꼬치꼬치 이유를 캔다.

"어떻게 나 말고 다른 남자에게 하트를 보낼 수가 있소?"

여인은 어이없다는 듯 깔깔대며 말했다.

"SNS에선 원래 그렇게 해. 오빠."
"내가 당신을 사랑한다고 말할 때 그 사랑은, 우주 전체를 압축해놓은 무게보다 더 무겁소. 내가 당신을 사랑한다고 말할 때 그 사랑은, 사랑에 따르는 헌신과 책임도 무한히 감내하겠다는 고백이오."

냉랭한 통화를 끝내고 나는 여기저기 SNS를 훑어봤다. 세상에! SNS는 온통 개판, 아니 하트판이었다. 이 정도면 이 땅에 진영 갈등이 왜 있고, 남녀 갈등이 웬 말이며, 미국과 중국은 왜 싸우나 싶다. 이렇게 사랑이 넘쳐나는데.

"미안하오, 내 속이 좁았소. 당신 마음대로 하트를 쓰시오. 하지만 나는 이 세상 단 한 명, 당신에게만 하트를 날리겠소."

그날 저녁 나는 한라수목원 안 광이오름에 올라 반짝이는 제주 시내를, 검은 바다를, 별을 올려다봤다. 게오르크 루카치Georg Lukacs가 했던 말을 더듬더듬 되뇌었다.

별이 빛나는 밤하늘을 보고 걸어갈 수 있던 시대는
얼마나 행복했던가.
별빛이 가야만 하는 길을 환히 밝혀주던 시대는
또 얼마나 행복했던가.

19

말을 쉽게 하지 말며
구차히 하지 말라.
내 혀를 잡아주는 이가 없으니
스스로 단속하여
함부로 내보내지 말라.

《시경》

다른 사람 집에 가면 가장 먼저 눈에 들어오는 게 책장이다. 간혹 내가 처음 보는 책이 꽂혀있고, 살짝 훑었는데 괜찮은 책이면 그분 안목에 대한 부러움과 질투, 나는 뭐하고 있었나 하는 부끄러움이 해무처럼 밀려오고, 제목을 잊어버릴까 얼른 사진을 찍거나 바로 주문을 해버린다.

여인의 집에 처음 간 날, 식사를 마치고 한숨 돌리며 여인 방에 들어갔는데 책이 꽤 많았다. 관심사가 전혀 달라 탐나는 책은 없었다.

"제주로 가져갈 건 없겠소."

내 말에 여인은 살짝 상처를 받았고 나는 석고대죄 심정으로 용서를 구했다.

"죽을죄를 지었소. 내가 정신이 나갔었나 보오."

나는 인간에 대한 예의를 가장 중요한 가치로 여기며 살아왔다. 책장에 꽂힌 책으로 그 사람을 평가하는 건 예의가 아니다. 한 번도 입 밖으로 내뱉지 않았기에 마흔 넘도록 필터링을 못했고 못난 모습을 여인에게 보이고 말았다.

여인이 아니었으면 평생 발견하지 못했을 터이니, 여인 덕분에 나는 조금 더 나은 사람이 되었다.

자기가 저지른 모든 잘못과 범죄를 소중하게 여겨라.
그것이 주는 교훈을.

마크 트웨인Mark Twain이 말했다.

20

예수님은
우리보다 약하다.
사랑을 하면서
강할 수는 없으니까.
그리워 잠 못 이루니까.

✸

여인은 미국 출장 내내 허리가 아프다고 했다. 힘든 일정이라 그런가 했는데 귀국해서도 나아지지 않는다. 제주에서 발만 동동 구르는 내 허리도 아픈 듯했다.

인간은 낙관주의 편향을 가지고 있다. 자신은 다른 사람들보다 위험에 처할 확률이 낮다고 믿는 심리다. 사랑하는 이에겐 반대다. 상대가 아프면 내가 더 아프다. 낙관주의 편향이 먹히지 않는 것, 그게 사랑이다.

여인은 정형외과에서 엑스레이를 찍었다. 디스크는 아닌 것 같고, 일단 약 처방을 받고 물리치료를 했다. 그래도 통증이 심하다고 한다. 의사는 MRI를 권했다.

그 소식을 듣자 내 속에서 뭔가가 뚝 소리를 내며 부러지는 것 같았다. 여인을 향한 내 기도는 깊어졌다.

'허리를 못 쓰게 되면? 하반신이 마비되면? 영영 일어나지 못한다면?'

검사 결과가 나오는 날 새벽, 나는 마음 준비를 끝냈다. 침상에 누인 채로 결혼식을 올리고, 평생 여인의 손발로 살겠다. 그렇게 내 사랑을 나에게 증명하겠다.

> 사람들은 바닷물이 깊다 하지만
> 내 그리움의 절반도 되지 않아.
> 바닷물에는 그래도 끝이 있지만
> 그리움은 아득하여 한이 없거든.
> 거문고 들고 정자에 오르니
> 누각은 비어있고 달빛만 가득하네.
> 그리움의 노래 연주하니
> 거문고 줄과 애간장이 동시에 끊어지네.

당나라 여성 시인 이야李治가 쓴 시다.

그날 하루 종일 카톡을 보내도 답이 없던 여인에게서 마침내 전화가 왔다. 밝은 목소리로 말한다. 거북목과 척추측만이 있을 뿐 꾸준히 운동하면 큰 문제는 없단다.

"신이시여, 착하게 살겠습니다!"

사랑을 통해서 우리는 신과 날카롭게 만난다. 사랑은 신을 가리키는 나침반이다.

21

진인사대천명 盡人事待天命

할 수 있는 일을 다 하고서 하늘의 명령을 기다린다.

진인사대처명 盡人事待妻命

할 수 있는 일을 다 하고서 아내의 명령을 기다린다.

여인의 엄명이 떨어졌다. 청첩장 문구를 쓰란다.

"나는 이런 글을 써본 적 없어서 자신이 없소."

여인이 웃으며 말했다.

"드레스 예약, 신혼여행 예약, 식장에서 쓸 스냅사진 선택, 들러리 준비, 준비, 준비, 준비. 이거 오빠가 할래?"

생각만 해도 등골이 오싹했다. 절박하면 글이 막 써진다.

결혼엔 재능이 필요하다며 독신을 고집하던 남자.
까칠한 취향 덕분에 독신이어야 했던 여자.
반만년이 흘러도 이루어지기 힘든 커플.
참다 참다, 신께서 한마디 하셨습니다.

"이제 그만 내려놓지?"

그렇게 두 남녀는 깨닫게 되었습니다.

하나, 사랑은 감정이 아니라 의지적 결단이다.
둘, 사랑하기로 결단하면 좋아하는 감정이 생긴다.
셋, 상대의 장점은 더 좋아할 이유다.
넷, 상대의 단점은 더 사랑해야 할 이유다.
다섯, 서로에게 헌신하는 것이 사랑이다.

그렇게 두 남녀는 서로에게 기적이 되었고
서로의 모습에서 신의 미소를 찾아가고 있습니다.

22

아름다운 꽃도 잠시 멈추고
바라보지 않으면
제대로 볼 수 없듯
무언가를 바라보는 데는
반드시 시간이 필요하다.
사랑이 그렇다.

20세기 미국 대표 화가 조지아 오키프Georgia O'Keeffe는 뉴멕시코주 북부 메마른 습곡 풍경을 첫 작품으로 선택했다. 이후 똑같은 풍경을 그리면서 세부 사항들을 하나씩 지워나갔다. 왜 그랬을까?

지워도 지워도 지워지지 않는 무언가를 찾기 위해서였다. 그걸 미술에선 추상이라 말하고 철학에선 본질이라 부른다. 오키프와 동시대를 살았던 피카소 표현으로 하면 이렇다.

> 구체적인 무엇인가에서 시작해 현실의 흔적을 하나하나 지워나갈 때, 지워도 지워도 지워지지 않는 그 무엇이 추상이며 지워도 지워도 지울 수 없는 그 무엇이 본질이다.

본질은 인간에게 감동을 주고 통찰을 선물하며 새로운 단계로 넘어갈 수 있는 힘을 준다. 그래서 본질을 찾고자 하는 것은 인간의 뿌리 깊은 욕망이다.

자신의 본질을 찾지 못한, 그래서 '쓸데없는 것들'이 덕지덕지 달라붙은 상태로는 온전한 사랑을 하기 힘들다. '쓸데

없는 것들'이 편견과 오해와 왜곡을 불러서 결국엔 본질마저 흐리기 때문이다. 왝더독Wag the dog, 꼬리가 몸통을 흔드는 주객전도가 100퍼센트 확률로 일어난다. 두 사람이 각각 존재 근원까지 파고 들어가 버리고 버리고 버리고 버린 뒤, 더 이상 버릴 수 없을 것 같은 것을 들고 상대방 앞에 서야 한다.

자신의 본질, 속된 말로 '밑천 또는 본전'을 찾아낸 두 사람이 마주 보고, 서로의 본질을 낱낱이 드러내고 소통하고 비교하면서, 도저히 양립할 수 없는 본질의 가시들을 발라내야 한다. 깎아내고 버려야 한다. 이것마저 버려야 하나 싶을 정도로 철저히 버려야 한다. 시간이 걸리고 감정 소모가 심하며 심히 수고로운 작업이다. 서로에 대한 인내, 자비, 관용, 배려, 용서가 필요한 영적 작업이다.

이 작업을 통해 도출된 두 사람의 공통된 본질이 하나의 본질로 통합되어 관계를 끌어가야 한다. 그것이 두 사람이 만든 사랑의 용량이고 이를 통해 아름다운 구속이 시작된다. 희한하게도 이 구속은 두 사람의 영혼을 자유롭게 하는 신비한 구속이다. 서로의 눈에서 하늘과 별과 바다를 경험하게 하는 우주적 구속이다.

결혼──
──이란

파로크 불사라Farrokh Bulsara는 1946년에 태어났다.

그의 6000년 전 조상은 우크라이나 초원에서 수천 년간 유목민으로 살았다. 이들은 인도유럽어라는 언어를 사용했다. 기후가 변하고 초원 환경이 변하면서 우크라이나 유목민들은 유럽, 이란, 인도로 흩어졌다. 불사라의 조상은 이란에 정착해 페르시아인의 원조가 된다. 4000년 전쯤 일이다.

이란 땅에서 수천 년을 페르시아인으로 살아가던 불사라의 조상들은 침략한 무슬림에게 쫓겨 인도로 이주한다. 거기서 1940년대까지 1000년가량 인도인으로 산다.

불사라의 아버지는 아프리카 동부 섬나라 잔지바르로 이주해 불사라를 낳는다. 이후 잔지바르는 탕가니카와 합쳐 탄자니아가 된다. '킬리만자로의 표범'이 헤매던 그 킬리만자로가 있고 세렝게티로 유명한 나라다.

아버지 고향 인도로 돌아가 학창 시절을 보낸 불사라는 10대 후반에 가족과 함께 영국으로 이주해 영국 국적을 취득한다.

불사라는 누굴까?

프레디 머큐리Freddie Mercury다.

잔지바르, 탄자니아, 인도, 영국, 이란, 아프리카, 아시아, 유럽.

그는 어느 나라 사람인가?

상관없다. 그런 거 몰라도 머큐리를 좋아할 수 있고 그가 부른 노래를 즐길 수 있다. 하지만 머큐리를 제대로 이해하기 위해선 6000년 시간을 거슬러야 하고 세 개 대륙을 훑으며 걸어야 한다.

결혼 또한 그렇다.

결혼은 상대방을 알기 위한 쉼 없는 여행이며 상대방을 이해하기 위해 자기 내면을 살펴봐야 하는 끝없는 순례다.

결혼과 시詩와 신神은 독법이 같은 책이다.

페이지 한 장 한 장, 문장 하나 하나에 언어가 메꿀 수 없는 깊은 고랑이 있어 빨리 읽을 수가 없다. 작가는 한 가지 생각으로 썼지만 독자는 제 감정에 따라 수백 가지 의미로 해석한다. 사랑의 도약, 언어의 도약, 믿음의 도약이 필요하다.

이해하려고 결단해야 이해할 수 있다.

이해하면 비로소 보인다.

결혼이 그렇다.

23

당신의 눈길이 물로 가면
물결이 인다.
당신의 손길이 흙으로 가면
씨앗들이 자란다.

파블로 네루다 Pablo Neruda

사랑을 결단하고 140일, 우리는 결혼했다. 우리는 서로의
삶에 뛰어들었고 되돌아갈 곳을 없앴다. 여인, 아니 아내가
내게 마음을 보냈다.

> 세상의 기준을 벗어나
> 사랑은 결단이라는 말을 처음 전해준 그 앞에
> 나의 생각을 내려놓고 내 마음을 낮춘다.
> 그리고 사랑을 배운다.
> 한 영혼의 순순한 눈을 들여다보며
> 처음으로 깨닫는다.

> 우리 두 사람
> 용기를 내어 많은 것을 내려놓았고
> 다시 돌아갈 길을 만들지 않았음을.

> 그리고 어쩌면
> 처음부터 우리는
> 하나였음을.

입김이 얼음 알갱이가 되어
거의 소리 없이
땅으로 떨어지는 것을
시베리아 사람들은
별들의 속삭임이라 부른다.

데이비드 K. 쉬플러David K. Shipler

꿈 같은 연애는 결혼식과 함께 끝났고 우리는 일상으로 돌아왔다. 결혼 후 소박하게 집들이를 했다. 우리처럼 서울에서 이주한 부부가 제습기를 선물해주었다.

"아유, 제주에 사니까 습기가 장난 아니죠? 이불이 눅눅해서 우리는 방마다 제습기가 있어요."

아내가 해맑게 웃으며 말한다.

"저희 집 이불은 늘 뽀송뽀송해요. 10층이라 그런가 봐요."

우렁각시가 한 번씩 이불을 베란다에 널어 햇볕에 샤워를 시킨다는 것을, 그 우렁각시가 자기 남편임을 아내는 모른다.

아내는 결혼 전까지 부모님과 살았고 워커홀릭에다 다양한 취미 보유자라 꿉꿉하고 더러운 옷이 깨끗한 옷으로 재탄생하는 과정에 얼마나 많은 시간과 노력이 들어가는지 모른다. 모르니까 이렇게 말한다.

"빨래가 뭐 힘들어 세탁기랑 건조기가 다 해주는데."

맞다. 하지만 더럽혀진 옷은 제 발로 세탁기에 들어가지 않는다. 주머니 이곳저곳 들어있는 휴지 조각도 제 발로 나오지 않는다. 세제와 섬유 유연제를 뒤집어쓰는 것은 언감생심, 스스로 문 열고 나와만 줘도 땡큐다. 세탁이 끝난 후, 건조기로 옮기거나 세탁기와 건조기 필터에 낀 찌꺼기를 비우는 일도 절대 스스로 하지 못한다. 깔끔해진 옷들을 무릎 꿇고 앉아 착 잡고 갤 때 그 무릎도 제 무릎이 아니다. '82년생 김지영'도 비슷하게 했던 말이다. 하지만 나는 말할 수 없다. 속으로만 한다.

어느 날 아내가 슬그머니 불만을 말한다.

"오빠, 왜 그렇게 자주 세탁기를 돌려? 우리 이제 날짜를 정해서 빨래하자. 금요일은 빨래하는 날, 어때?"

아무래도 아내는 가사노동을 드라마로 배운 듯하다. 한 달이 지나도 빨래가 쌓이지 않고, 일주일을 방치해도 빨랫감에서 쉰내가 나지 않는 아름다운 세계 말이다.

아내가 가진 환상을 죽을 때까지 지켜주고 싶다. 성탄절 선물은 산타클로스 할아버지 대신 쿠팡 아저씨가 배달한다는 불편한 진실을 너무 일찍 알아버린 아이들은 왠지 안쓰럽다. 아내 꿈을 깨는 대신 나를 바꾸기로 했다.

'들키면 할 수 없지만 최대한 아내 모르게 빨래를 하자.'

오늘도 아내가 외출한 틈을 타 아내 잠옷을 재빨리 세탁하고 말린다.

"잠옷이 늘 깨끗해서 좋아."

언제까지나 그 꿈속에서 살게 해주고 싶다.

단어에 숨어있는 의미가
우리 생각과 관점을 결정한다.
개념이 행동을 결정한다.
우리가 쓰는 단어를 점검하고
비판하지 않으면
우리는 우리가 원치 않는
프레임의 지배를 받게 된다.

빨래 건조기, 로봇 청소기, 물걸레 청소기, 식기세척기, 에어프라이어, 스타일러. 생각지도 못한 가전제품들이 등장하면서 가사 노동이 점점 수월해진다. 그러면 가사 노동에 드는 시간도 줄었을까?

세탁기가 드물었던 시절엔 더러움을 보는 사회적 시선이 너그러웠다. 빨래가 힘드니 후줄근하게 입고 다니는 게 그리 큰 부끄러움은 아니었다. 세탁기가 보편화되면서 더러움의 기준은 꾸준히 우상향했고, 우리는 더 자주 세탁기를 돌려야 했다. '라떼'는 구겨진 옷이 디폴트값이었지만 요즘은 그렇게 입고 다니면 욕먹는다. 즉, 세탁기 등장이 빨래 노동을 혁명적으로 편하게 해줬지만 빨래 노동이 잡아먹는 시간을 줄여주지는 못했다.

빛(전자기파)으로 음식을 데우는 전자렌지는 돌릴 때마다 감탄이 나오지만 더러워진 내부를 닦을 때는 탄식에 탄식이 줄을 잇는다.

온갖 가전제품 덕에 가사 노동 강도는 확연히 줄었다. 하지만 가사 노동 시간은 전혀 줄지 않는다. 오히려 늘었다는 미국 데이터도 있다. 한국이라고 다를까.

음식 만드는 걸 좋아하는 아내의 요리 시간만 빼고 아내 가사 노동 시간을 0으로 만드는 게 내 목표다. 좋아하는 식물과 대화하고, 새들과 교감하고, 노래 듣고, 커피 마시고, 책 읽고, 그림 그리고, 글 쓰고. 아내는 그런 데만 시간을 썼으면 좋겠다.

식사를 마친 후 과일까지 먹으면 뒤처리는 내 몫이다. 설거지하는 내 뒤에서 예능 프로그램을 보며 깔깔대는 아내가 너무 좋다. 한 번씩 내 가사 노동을 돕겠다며 청소용 돌돌이를 잡는데 손이 어색하고 어정쩡하다. 하지만 그 모습마저 이쁘다.

아니, 가사 노동을 '돕는다'는 말은 문제가 있다. 서로가 서로를 돕는다는 의미라면 좋지만 가사 노동 주체가 한쪽으로 정해져있다는 생각은 오류다. 맞벌이든 외벌이든 간에 말이다.

"대장부가 마땅히 천하를 청소해야지, 어찌 방 한 칸을 청소하겠는가."

중국 한나라 선비 진중거가 한 말이다.

천하도 청소하고 돌아와선 방도 닦고 설거지도 하고 빨래도 돌리면 아내가 너무 좋아하지 않을까?

　개념이 행동을 규정한다. 개념이 이상하면 이상하게 산다.

26

고통보다 넓은 공간은 없고
고통보다 긴 시간도 없다.

변기에 앉아 재채기를 하다 허리를 삐끗했을 때, 내 성과를 상사가 제 것인 양 가로챘을 때, 이번 달에도 들어오기 무섭게 월급이 빠져나갈 때, 친구가 이른 나이에 황망히 떠나버렸을 때. 어떤 상황이든 견디기 힘든 고통이다.

　멈추면 보인다던 어느 스님 말처럼 내 마음을 살피고 마음 렌즈를 아름답게 닦으면 흉터는 남길지언정 언젠가는 시간과 함께 고통은 사라지기 마련이다. 세상 모든 고통이 이 정도 수준에서만 돌아간다면 얼마나 좋을까.

　'이상견빙지履霜堅氷至'

　서리가霜 밟히면履 머지않아 단단한堅 얼음이氷 다가온다至. 《주역》에 나오는 말이다. 서리 내리는 가을이 가면 겨울이 폭설을 몰고 온다는 걸 몸이 기억하기에 서리 따위에도 무섭다. 해결될 것 같지 않은 고통, 끝나지 않을 것 같은 고통이 그렇다. 더 큰 고통의 전조일까 무섭다.

　비 온 뒤 땅이 굳어진다고 했지만 굳어가는 땅에 폭우가 쏟아지기도 한다. 마음 렌즈를 닦는다고 없어지지 않으며,

때린다고 부술 수 없으며, 싸운다고 이길 수 없는 거대한 고통들이 있다. 받기 싫어도 우편함에 차곡차곡 꽂히는 고지서처럼 살아있는 삶에는 반드시 부과되는 기회비용이자 강제 비용이다.

거대한 고통은 시간과 함께 흘려보낼 수 없다. 너무 무거워 등에 지고 갈 수도 없다. 끌어안아야 한다. 눈물을 덮어 내 존재의 일부로 녹여낼 때에야 비로소 삶이 다음 단계로 넘어간다. 프란체스코 교황이 말했다.

"고통 자체는 미덕이 될 수 없다. 하지만 고통을 대하는 자세는 미덕이 될 수 있다."

거대한 고통을 홀로 맞고 있으면 그림자조차 씻겨나갈 때가 있다. 부부는, 서로의 고통에 뛰어들어 심장을 묶은 뒤 함께 버텨내는 사람들이다. 한 가닥 고통에 행복이라는 다른 가닥을 꼬아 실을 자아내고, 그 실로 한 땀 한 땀 삶을 직조한다. 그렇게 고통을 다루어낼 때 우주는 두 사람 이야기로 충만해지고, 부조리와 모순을 살아냄으로 극복한 두 사람은 서로의 눈에서 신의 광채를 발견하게 된다.

오직, 부부만이 할 수 있는 일이다.

27

부작용 副作用의 부는

부不가 아니라 부副다.

나쁜 게 아니라 부수적이라는 뜻이다.

그래서 부작용이 영어로 'side effect'다.

부작용에는 긍정적인 것도 있고

부정적인 것도 있다.

모든 약에는 부작용이 있다.

부작용을 감수하고서라도

작용이 크기 때문에 먹는다.

장모님, 장인어른, 처남, 시어머니, 시아버지, 시누이. 생판 남으로 살던 사람들을 '오늘부터 가족'이라고 하는 건 쉽지 않은 일이다.

아내는 이 문제를 깊이 고민했다. 시월드가 바다 건너 있으니 축복이라며 부러워하는 지인들도 있었지만 남편의 원가족까지 사랑하기로 결단한 아내에겐 서울과 제주라는 거리감은 메우기 힘든 난관이었다.

나는 매주 토요일에 온종일 학생들과 책을 읽는다. 아침 설거지도 못 하고 출근해 저녁에 마친다. 그래서 아내가 토요일마다 시어머니와 통화한다는 사실을 몰랐다. 본가 소식을 아내에게 전해 듣는 일이 늘어나면서 자연스레 알게 됐다.

아내는 목적주의자다. 한 시간도 몇 등분해 깔끔하게 나눠 쓰고, 전화 통화는 군더더기 없이 핵심만 말한다. 동네 산책보다는 오름을 정해 올라가는 운동을 좋아하고, 그냥 모여 쉰 소리 하는 모임을 불편해한다. 그런 아내가 미주알 고주알 우리 부부가 살아가는 모습을 하나하나 시어머니와 전화로 나눈다. 목적주의자답게 시어머니와 친해지기를 목표로 삼으니 수월했단다.

아내는 시댁 식구들을 사랑하기로 결단했고 금방 해냈다. 우리 둘이 결단한 사랑이 확장되어 서로의 원가족을 사랑하는 지경에 이른 것이다. 아내를 진심으로 존경하며 내 사부로 모시기로 했다.

물론 부작용은 있다. 내 원가족은 더 이상 내게 전화하지 않는다. 아내에게 한다. 엄마도 아버지도 누나도 모두 아내랑 의논한다. 슬픈데 기쁘다.

내 생일날 오후, 엄마에게 전화가 왔지만 못 받았다. 일을 마무리한 뒤 엄마에게 전화했다.

"엄마, 전화했나?"
"했다."
"아들 생일이라 축하하려고?"
"며느리랑 얘기 다 했다. 바쁘다. 끊자."

내 생일 축하를 며느리하고 나누고는 끝이란다. 그래도 기분 좋은 부작용이다.

28

서불진언언불진의

書不盡言言不盡意

글자로는 말하고자 하는 바를 다 표현할 수 없고

말로는 마음속 참뜻을 다 표현하지 못한다.

《주역》

나 역시 결혼하면서 아내 원가족을 사랑하리라 결단했다. 처갓집 식구들이 느낄 수 있는 방법으로 사랑하고 싶었다. 내 사랑의 언어는 서비스와 봉사다. 하늘이 도왔다. 집 관리에 전혀 관심 없으신 장인어른과 함께 사시는 장모님에게 꼭 필요한 사랑 표현법이었다.

처갓집에 가면 일단 집 전체를 스캔한다. 오래된 형광등을 LED로 교체하고, 망가진 의자 다리를 수리한다, 물이 새는 샤워기 헤드도 교체하고, 구멍이 송송 난 방충망도 부분 수리를 하고, 빨래 건조기도 점검한다. 다이소에 가서 싱크대 그물망 등을 구입해 챙겨드리기도 하고, 차도 살펴드린다. 와이퍼 교체, 워셔액 보충, 리모컨 키 건전지 교체, 차량 정비소 갔다 오기, 가전제품 새로 세팅하기, 스마트폰 앱 점검 및 청소 등.

내가 좋아서 하는 일인데 장모님이 기뻐하시니 더 좋다. 장인어른은 고장 나면 무조건 사람 부르라고 하셔서 장모님이 꽤 고생을 하셨다고 들었다. 그런데 잡무를 알아서 척척 처리해주는 사위가 들어왔으니 장모님에겐 남쪽에서 온 귀인이다.

재미있는 건 본가에선 매형이 이런 일을 다 처리해왔다. 고마운 매형. 나는 본가에서 잡무 무능력자로 살아왔고 앞으로도 그렇게 살 것 같다. 아내가 "오빠가 수도꼭지도 고치고 페인트칠도 했어요" 하면 엄마는 깔깔 웃는다.

"가는(걔는) 그런 거 할 줄 모른다. 책만 볼 줄 알았지."

장인어른과 장모님은 맛집 많은 광장시장 인근에서 사업체를 운영하신다. 그래서 매일 점심이 페스티발, 인건 내 얘기고, 집밥의 연장이다. 20년째 도시락을 싸 와서 드신다. 세상에서 아내가 해준 밥이 제일 맛있다는 장인어른 식성 때문에 장모님에게 광장시장 맛집들은 제주도 동문시장만큼이나 물리적 거리가 멀다.

그래서 우리 부부는, 나 역시 맛집 탐방을 싫어함에도, 억지로라도 기회를 만들어 장모님을 모시고 이태원 냉면, 신당동 떡볶이, 삼청동 칼국수, 성북동 왕돈까스, 현대백화점 빙수 등을 먹으러 다니고 북악스카이웨이나 남산을 드라이브 하기도 한다. 특급 호텔 뷔페를 먹을 때나 분식집 만두를 먹을 때나 똑같이 소녀처럼 기뻐하고 행복해하시는 장모님 모습에서 시간도 깎아내지 못한 순수 영혼의 전형을 보고 감동한다.

나는 전화 통화를 극도로 싫어한다. 하지만 아내에게 자극 받아 파이팅 한다. 부모님과 전화는 결혼 전이나 후나 10초 컷이다. 생사 여부만 묻는 정도.

이제 장모님과 나누는 통화도 문제없다. 장모님은 쾌활하고 말씀도 잘하셔서 듣고만 있어도 5분은 후딱 간다. 문제는 과묵하신 장인어른이다. 그래도 친아버지보다는 오래 한다. 30초는 넘긴다.

장인어른은 항상 전화해줘서 고맙다고 말씀하신다. 그 말이 참 감사하면서 짠하다. 나처럼 집콕이 특기이신 장인어른의 최애 방송은 바둑 방송이다. 그 모습을 여러 번 보면서 후회했다. 어릴 때 주산 학원이 아니라 바둑 학원을 다녔어야 했는데.

늦었지만 지금이라도 바둑을 배워야 하나 고민 중이다.

29

다른 사람의 깨달음이
내게 정답이 되지는 않는다.
내게는 내 정답이 있다.
그 정답은 언제나
아내에게로 향한다.

"아버님이 원래 말수가 적으셔?"

식사가 끝나면 혼자 소파에 멀뚱히 앉아 계신 시아버지를 몇 번 본 후 아내가 물었다. 70년대생들에겐 흔해 빠진 이야기를 아내에게 들려줬다.

1941년에 태어나 말 그대로 옛날 남자인 아버지는 지독히도 엄했고 가부장적이었다. 공감과 격려는 없고 호통과 질책이 그 시절 훈육과 사랑 표현이었다.

나는 꼬맹이 때부터 식사할 때는 반드시 양반다리로 앉아야 했고, 밥상 앞에서 노래를 흥얼거리다 야단맞기도 했다. 애들같이 왜 장난감을 가지고 노냐며 혼날 때 내 나이 여덟 살이었다.

유치원에 등록한 뒤 선생님과 인사하고 원복까지 맞췄는데 남자가 무슨 유치원이냐는 아버지 불호령에 다음 날 바로 태권도 학원으로 보내졌다. 웃기는 건 태권도가 내게 썩 잘 맞았다.

예닐곱 살 어느 날, 뭐에 수가 틀렸는지 관장님께 쌍욕을

하며 아빠한테 일러줄 거라고 학원 문을 박차고 나왔다가 아버지한테 더 크게 혼나고 우는 나를 따뜻한 물로 씻겨주던 엄마 모습이 40년 넘어서도 생생하다.

아버지란 존재가 절대적 지지와 안식의 대상이었다면 내 인생이 좀 더 나았을까? 아니면 아빠 찬스 믿고 더 타락했을까? 모르겠다.

노인이 된, 이제는 입장이 바뀌어 자식들 눈치를 보게 된 아버지. 아픈 기억들에도 불구하고 엄마와 누나는 아버지를 살뜰히 챙긴다. 하지만 살가운 대화는 힘들다. 나 역시 마찬가지다. 그런 기억이 없는 두 조카는 아버지와 대화를 잘 나눈다.

하면 된다는 말, 헛소리다. 안 되는 건 안 된다. 내겐 아버지께 살가운 말을 하는 게 그렇다. 그런 단점을 아내가 보충해주길 바라는 것도 헛소리고, 대리 효도를 원하는 것 역시 헛소리다.

아무 부탁도 안 했지만 아버지와 즐겁게 이야기를 나누는 아내를 보면 그렇게 고맙고 예쁠 수가 없다. 그게 진심인 걸 아니까 존경하게 된다.

아내와 아버지가 한 프레임에 들어간, 내가 죽을 때까지 잊지 못할 장면이 하나 있다. 아내는 신발이건 실내화건 걸어가는 모습 그대로 벗는다. 항상 한 짝은 앞에 있고 다른 짝은 뒤따라간다. 현관이건 욕실이건 안방이건 아내 신발은 언제나 걷고 있다. 진취적 여인의 표상이다.

어느 겨울, 목이 긴 신발을 신고 시댁에 도착한 아내. 시선은 안에서 마중 나오는 시어머니에게 고정하고, 동시에 발을 털어 신발을 벗으려는데 잘 안됐던 모양이다. 바로 뒤따라오면서 그 모습을 본 시아버지가 가만히 허리를 굽혀 며느리 신발을 잡아당겨주었다. 갑자기 신발이 쑥 벗겨지자 뒤를 돌아본 아내는 화들짝 놀라 겸연쩍어했다. 허물 잡을 수도 있는 일을 포용과 유머로 승화시키는 시아버지. 멋지다.

며느리 또한 시아버지 사랑이 극진하다. 결혼하고 처음으로 맞이한 아버지 생신이었다. 하루 몇 시간을 반려견과 산책하시니 좋은 운동화를 사서 보내잔다. 넉넉지 않던 우리 부부에겐 부담되는 금액이라 미적거렸는데 아내는 두말없이 결제하더니 깔끔하게 포장해 예쁜 손글씨 편지와 함께 보냈다.

이유는 모르겠지만 왠지 부끄러웠다.

30

미네르바의 부엉이는
황혼녘에 날아오른다.

헤겔

일 년에 두세 번 서울에 간다. 베이스캠프는 처갓집이다. 아내가 편하기 때문이고 아내가 편하면 나도 편하다. 부모님과 누나 가족은 한동네에 살고 있어 양쪽을 모두 볼 수 있는 날을 택해 본가로 간다. 본가에 도착하자마자 체류 시간을 예고한다.

"오늘은 4시간만 있다 간다."

물론 더 놀다 떠난다. 어쨌든 특별한 사정이 있지 않는 한 밤 10시 이전에 처갓집으로 복귀한다. 아내는 아직까지 한 번도 시댁에서 잔 적이 없다. 재밌는 건 우리 원가족들도 그걸 편해한다. 내 원가족들은 며느리가 아니라 나를 불편해한다.

엄마와 누나에게 감사한 것은, 아무도 아내에게 일을 안 시킨다. 설거지도 안 시킨다.

"남의 부엌에 들어오지 마라. 걸거친다."
"아이고, 그 작은 손으로 뭐를 하겠노."

"올케, 올케는 친정 가서 해."

아내가 결혼 8년 동안 시댁에서 한 최고 중노동은 식탁
에 수저 놓는 일이었다. 음식 장만하는 시어머니 옆에 뻘쭘
하게 서서 벗이라도 되어 드리려 노력한다. 물론 몇 초도 안
돼 소파에 가서 가족들과 이야기나 하라, 는 시어머니 오더
가 떨어지지만.

어느 명절에 큰 조카와 말년 휴가 중인 조카의 남자친구가
놀러왔다. 누나가 망고를 내어주면서 깎기 어렵다고 했다.
아내는 망고 전문가다. 드디어 아내에게 할 일이 생겼다.
망고만 먹고 조카와 조카 남친은 롯데리아에 갔다. 집에
음식이 산더미처럼 있는데 나가서 햄버거라니, 라면 꼴통
삼촌에 꼰대라는 수식어가 추가될 것 같아 가만히 입을 다
물었다. 어쨌든 나중에 들으니 큰 조카 남친이 힐난했단다.

"너희 집, 왜 그래? 왜 며느리만 일 시켜?"

지가 며느리 될 것도 아닌데 참 설레발이다. 어쨌든 큰 조
카가 웃으면서 말한다.

"뭔 소리야. 우리 외숙모, 시댁 와서 유일하게 한 일이 오늘 망고 깎은 거야."

미네르바는 로마 신화에서 지혜를 담당한 여신이다. 그리스 버전으로는 아테네 여신이다. 미네르바는 부엉이(올빼미)를 어깨에 얹고 해질녘 산책을 즐겼다.

철학자 헤겔은 이를 인용해 '미네르바의 부엉이는 황혼녘에 날아오른다'고 했다. 여러 가지로 해석할 수 있지만 일이 끝나야(황혼) 제대로 평가할 수 있다는 뜻도 있고 실패가 여러 번 쌓여야 제대로 성공할 수 있다고 해석해도 된다.

31

모 심는 여자
자식 우는 쪽으로
모가 굽는다.

잇사, 일본 하이쿠

내 둘째 조카는 맹랑하다. 내가 결혼하기 한참 전, 조카가 초등학교 1학년 때 일이다. 오랜만에 서울 본가에 와서 침대에 누워 쉬고 있는 나를 보더니 이렇게 말하고 도망간다.

"야 이 사물함 같은 삼촌아!"

조카 뇌에 문제가 생긴 걸까 심각하게 걱정했다. 나중에서야 깨달았다. 아이들은 세상 지식, 세상 카테고리에 덜 물들었기에 세상을 자유롭게 볼 수 있다는 것을. 꼬맹이를 데리고 미술관에 가면 어른들은 상상도 할 수 없는 그림 속 패턴을 말하곤 한다. 내 생각에 조카는 삼촌의 '삼'과 사물함의 '사'를 연속된 숫자로 파악한 것 같다.

그 조카가 초등학교 2학년 때는 저녁에 갑자기 전화하더니 약을 살살 올린다. 계속 그러면 혼난다고 했더니 깔깔깔 웃으면서 제 말만 하고 전화를 끊어버렸다.

"잡으러 와 보시지. 바보 같은 삼촌아."

삼촌이 자기를 혼내려면 다음 날 아침부터 서둘러 택시를 타고, 비행기를 타고, 지하철을 타야 한다. 수십만 원 비용에 시간도 많이 든다. 그러니 자기가 어떤 짓을 해도 삼촌은 절대 자기를 혼내러 올 수 없다고 계산한 후 저지른 행동이다. 열 받지만 고놈 참 똑똑하다.

아내를 사귀고 한 달쯤 후, 이제 초등학교 4학년으로 성장한 조카가 문자를 보낸다.

"삼촌, 제주도에 메르스 퍼졌다면서요?"

웬일로 삼촌 걱정을 하나 싶었다. 게다가 제주도는 메르스와 무관했다.

"외숙모는 괜찮아요?"

역시 외숙모가 궁금했군.

"잘하세요. 어떻게 만난 외숙몬데."

그건 그렇지.

"그리고 지금 외국에 있다면서요. 관리 잘하세요."

무슨 관리를 말하는 걸까.

"외국에서 다른 남자 만날지도 모르잖아요."

조카들 눈엔 지들 삼촌이 나이 사십 넘도록 장가도 못 간 지지리 궁상에 찐따로 보였나보다.

아내는 둘째 조카가, 당시 한창 잘나가던 에이핑크를 좋아한다는 말을 듣고 인맥을 동원해 에이핑크 사인이 담긴 앨범을 얻어주었다. 친절한 에이핑크, CD 케이스에 메시지도 참 길게 정성스럽고 친절하게 써서 보냈다.

설마 외숙모가 그 정도 능력자겠어, 라며 의심하던 조카는 현물을 영접하고 까무라친다. 제정신 차린 후 날린 딱 한마디.

"평생 외숙모께 충성할게요!"

오호, 요것 봐라. 나도 아내 조카를 어떻게 대해야 할지 힌트를 얻었다.

아내는 조카가 하나뿐이라 집중해서 이 아이만 공략하면 된다. 그런데 쉽지 않다. 이 아이는 유치원 졸업 공연 때, 생애 딱 한 번 그때만 발산할 수 있는 귀여움으로 부모들 웃음과 눈물샘을 돌아가며 터트리던 학우들과 달리, 공연이 끝날 때까지 부동자세로 입도 벙긋 하지 않고 정면만 주시해 백석동 옹고집으로 유명세를 탔다. 명절에 만나면 대화는커녕 눈맞춤도 쉽지 않다.

어떤 노력에도 마음을 열지 않았는데 실마리는 어이없이 풀렸다. 조카는 진짜 초딩이고 나는 초딩 입맛이다. 어느 겨울 제주에 놀러왔을 때였다. 엄마 아빠의 맛집 기행에 지쳤을 조카에게 젤라또 아이스크림을 사 먹자고 했다.

한겨울에 아이스크림을?
그것도 오전에 아이스크림을?
이런 신박한 생각을 어른이 한다고?

대충 이 정도로 놀랐나 보다. 그날 이후 우리는 조금 친해졌다, 고 믿는다.

이제는 초등학교 고학년이 된 조카와 처가 식구들이 새벽 비행기를 타고 제주로 왔다. 공항에서 픽업해 24시간 뼈다

귀 해장국집으로 갔다. 어른들은 해장국을 먹고 조카와 나는 만두와 어린이 돈까스를 나눠 먹었다. 조금 더 친해졌을까?

장모님과 아내는 근처 마트로, 처남 부부는 스타벅스로, 그렇게 주차장엔 스마트폰만 주시하는 조카와 나만 남았다.

"벌레 좋아하니?"

"무당벌레 빼고는 다 싫어요."

어릴 때 벌레를 하도 좋아해 일산 파브르가 될 줄 알았던 조카의 배신이다.

"다리 많은 벌레는 정말 싫어요. 특히 거미와 그리마요. 고모부 집에는 거미와 그리마 안 나오죠?"

나온다. 많이 나온다. 오래된 집이고 텃밭도 있어 거미와 그리마는 동거인 수준이고 지네가 침대 위로 올라와 내 허벅지를 문 적도 있다.

차마 이렇게는 말하지 못하고 얼버무렸다. 그나마 벌레로라도 몇 마디 대화해 다행이다. 조카가 지내는 동안 벌레가 한 마리도 안 나오기를 진심을 다해 기도했다.

32

어떤 사람이 얼마나 행복한지 알려면
그 사람이 무슨 일로 힘들어하는지를
알아야 한다.
사소한 일로 힘들어하는 사람은
다른 모든 일이 순조롭게 풀리는 사람이다.
힘들어하는 일이 사소할수록
행복한 사람이다.
그래서 현명한 사람은
강렬한 쾌락보다는 고통 없음을 추구한다.

쇼펜하우어

"오빠랑 언니는 너무 잘 어울릴 거야. 딱 하나가 걸려. 근데 말 못해."

말을 꺼내지 말든지, 장난하나.

결혼하고 그 하나가 뭔지 바로 알았다. 아니 연애 때부터 직감했다.

나는 박애주의로 가장한 무책임 끝판왕이다. 거절도 싫은 소리도 잘 못한다. 그래서 지금까지 못 받은 돈이 수억이다. 많다는 의미의 수억이 아니라 진짜 수억이다. 가족들 중 언으로는 그냥 퍼줬단다. 휴머니즘, 박애, 이런 거보다는 그냥 그래야 내 맘이 편했다. 어쩌면 고상한 이기주의일 수도 있겠다. 그나마 경기도에 구옥 한 채를 얼떨결에 사놓은 게 유일한 재산이었다.

아내는 경제관념이 투철하다. 자영업으로 성공하신 장인 어른 기질을 그대로 물려받았다. 여섯 살 때부터 아버지 가게에서 토큰을 팔았단다. 이렇게 말하니 골드미스로 사는 동안 엄청난 재산을 모았을 것 같은데 한 푼도 없다.

일단 여행을 너무 많이 다녔다. 오로라 보러 캐나다에 갔고, 친구들 없이 외롭게 독일 남자랑 결혼하는 후배가 안타까워 결혼식 참석을 위해 스위스도 다녀왔다. 의료봉사팀에 끼어 아프리카도 두어 번 갔고, 유럽도 여러 번 방문했다. 일본, 홍콩, 동남아는 부지기수로 돌았다. 모두 제 돈 내고.

20대 땐 고가품도 많이 사봤단다. 그때 다 누려 이젠 전혀 관심 없다니 다행인가? 사진 기자도 아니었는데 카메라를 좋아해 카메라 얼리 어답터가 됐다. 그때 산 다양한 카메라를 아직도 보관하고 있다. 스마트폰 카메라 성능이 워낙 좋아져 아마 계속 보관만 할 듯하다. 그렇게 골드미스에서 골드만 뺀 것 같다.

어려운 지인들도 많이 도왔단다. 아내랑 나이 차가 거의 없는 천재 화가 그림을 여러 점 사둬 지금도 우리 집엔 그림이 꽤 있다. 고흐처럼 죽고 나서 유명해지면 안 되는데. 데미안 허스트Damien Hirst나 앤디 워홀Andy Warhol처럼 살아서 부와 명예를 다 누리길. 그 시간이 빨리 오길. 그래서 우리에게도 떡고물이 조금은 떨어지길 학수고대하고 있다.

아내는 거의 모든 문제를 계산기로 해결한다. 결혼식이 끝나자 아내는 순식간에 내 경제생활을 점령했다. 하나하나 발가벗겨나갔다.

"보험약관대출? 이건 고금리잖아."

"그냥, 그게 인터넷으로 간편하게 되길래."

"종신보험은 왜 이리 금액이 커?"

"친한 동생이 사정하길래, 그리고 그땐 돈도 잘 벌어서. 덕분에 한 방에 교보생명 VIP 고객이 됐소."

"VIP 고객 혜택이 뭔대?"

"흠… 뽀대?"

"종신보험인데 사망보험금은 왜 이렇게 적어?"

"독신으로 살 거니 사망보험금은 필요 없고 최대한 살아 있는 나한테 집중해서 설계하라고 했소."

"오빠, 농협 사랑해? 왜 농협 통장밖에 없어?"

"요즘엔 다른 은행도 있는 것 같던데, 옛날 나 다닐 땐 학교 안에 농협밖에 없었소."

"30년째 거래하는데 농협이 잘 해줘?"

"평생 좋은 관계를 유지할 줄 알았소. 돈 잘 벌 땐 금리 혜택도 많이 주고 마이너스통장도 빵빵하게 주더니 사업을 접으니 바로 혜택을 줄이더군. 그래도 옛정이 있어 농협이 좋소."

그날 이후 우리집 원칙은 잡혔다.

모든 돈은 **내**가 관리
모든 계약은 **내** 이름으로
월급은 모두 **내**게
마트나 생활비 지출은 **내** 카드로

여기서 '내'는 아내할 때 '내'다. 그렇게 나는 손발이 다 묶
였다.
묶였는데 더 편하다. 작은 자유를 포기하면 큰 자유가
온다.

33

우리에게 집은 눈과 마음을 가져 우리를 보고 받아들이고 격려하고 공감하는 존재였어. 집은 우리의 일부였고, 우리는 집을 믿었고, 집이 주는 은총과 축복 속에서 평화롭게 살았어. 돌아올 때마다 집은 얼굴을 환히 밝히고 입을 열어 환영해주었고 우리는 감동한 채로 집으로 들어갔지. 매일매일.

마크 트웨인

✹

아내는 집 구경하는 걸 좋아한다. 남들이 어떻게 해놓고 사는지 보는 게 재밌단다. 조금 우울해 보일 때, 동네에 새로 짓고 있는 집 소식을 전해주면 눈이 반짝반짝, 바로 기분이 돌아온다. 나는 아내랑 정반대다. 다른 집을 보면 피곤하다.

완전히 정착할 수 있는 우리 집을 찾기 위해 몇 년간 참 많은 집을 보러 다녔다. 아내는 즐거웠지만 나는 썩 내키지 않았다. 아내가 좋아하는 일이고 여자 혼자 다니면 위험할 수도 있으니 늘 동행했다.

거의 다 쓰러진 폐가도 봤고, 맹지도 봤으며, 대지권과 지상권이 다른 구옥도 여럿 봤다. 한라산 중턱 공동묘지 옆에 있는 땅 넓은 절도 봤다. 치유 기도로 유명한 주지 스님이 쓰러져 급하게 나왔단다. 그러다 광령이란 곳에서 우리에게 딱 맞는, 텃밭 딸린 구옥을 만났다. 경기도에 있던 내 집을 팔고 은행의 전폭적인 도움으로 집을 샀다.

서울에 갔더니 장모님이 아내에게 물으신다.

"집은 누구 명의로 했니?"

"당연히 내 이름이지."

"얘는, 남편이랑 의논은 해야지."

과묵하신 장인어른도 거드신다.

"부부 공동명의로 해야지."

아내 대답이 걸작이다.

"왜, 내 집인데."

정작 나는 내 명의가 들어갈 거라는 생각 자체가 없었다. 당연한 일이라 생각했다.

학부 때 교수님은 '질문이 사라지면 생각도 사라진다'고 했다. 나는 잘 살고 있는 걸까?

34

눈을 감으렴
무서워하지 말고
괴물은 도망갔어
아빠가 여기 있잖아
아름다운 아들아
잠들기 전에
짧은 기도라도 올리렴
매일 모든 면에서
점점 더 좋아질 거야
아름다운 아들아

존 레논, 〈Beautiful Boy(뷰티풀 보이)〉

결혼 2년 차, 학교는 여전히 싫은데 또 가란다. 이번에는 아버지학교다. 바쁘다고 버티자 아내가 조곤조곤 설명한다.

우리를 소개해준 부부가 몇 년째 사이가 안 좋다. 결혼 전에 그렇게 극진하던 애정이 아들이 태어나자 돌변했다. 한 점도 남김없이 아들에게로 갔다. 아내가 아니라 남편 말이다. 어떤 방법을 써도 관계가 회복되지 않는다. 아버지 학교라도 가면 돌파구가 되지 않을까. 혼자 가라면 분명히 안 갈 테니, 친구인 내가 가면 같이 갈 것 같다.

도저히 거부할 수 없는 논리였다. 그렇게 또, 내키지도 않고 아버지도 아니지만 친구와 아버지학교에 매주 갔다.

역시 놀라웠다. 10대부터 60대까지 다양한 남자들이 모였고 신박한 케이스도 있었다. 이혼 당한 이유를 찾고 싶어서 왔다는 은퇴자, 아내 될 사람이 아버지학교를 결혼 조건으로 달았다는 예비 신랑, 조기 교육이 중요하다며 아버지에게 끌려 온 스무 살 청년. 역시 세상은 넓고 내가 알아야 할 것은 많았다.

아버지에게 편지 쓰는 시간이 있었다. 혼자라면 평생 못했을 일, 우르르 모여있으니 감정선도 잡히고 글도 써진다. 그렇게 편지를 써 아버지께 부쳤다.

　2주일 후 모임에선 편지를 받은 아버지와 통화하는 시간이 있었다. 이젠 할아버지가 된 경상도 남자 입에서 생애 처음 사과가 흘러나온다. 아버지도 이젠 많이 늙었구나 싶어 짠하다. 그 강건하던 육체가 말라가고 눈빛도 흐려지니 짠하다. 아버지 일평생을 복기해보니 아버지는 한 번도 사랑받은 적이 없는 것 같아 짠하다.

　상처는 드러내야 치료된다. 그래야 더 이상 악화되지 않는다. 가족은 언제든 만날 수 있고 무슨 말이든 할 수 있다. 그래서 자주 만나지 않고 힘들여 대화하지 않는 것은 아닐까? 가족이라 잘 알 것 같지만 가족이라서 더 모르는 것은 아닐까? 그래서 치유가 더 힘든 게 아닐까?

　아버지와 대화 후 생각이 많아졌다. 아버지에 대한 내 마음가짐이 조금씩 변하는 계기가 되기도 했다. 집이 망하고 난 후, 우연히 밖에서 아버지를 만나면 그렇게 초라해 보일 수가 없었다. 엄마도 그랬고 누나도 그랬다. 왜 그랬을까?

　이제는 좀 알 것 같다. 가족의 혈관에는 연민이 흐르는 게 아닐까 싶다.

　내가 다닌 학교에 순위를 매기면 단연코 이렇다.

1위 : 결혼예비학교

2위 : 아버지학교

3위 : 서울대학교

흠, 혹시 이것도 아내의 빅피처였을까?

한 장군이 병사 10만 명을 호령하며 들판에서 훈련하는 중이었다. 한쪽에는 푸른 깃발, 반대쪽에는 붉은 깃발을 세운 뒤 아내가 두려운 자는 붉은 깃발 아래로, 그렇지 않은 자는 푸른 깃발 밑에 서라고 명령한다.

10만 병사 모두 붉은 깃발 아래 모였다. 딱 한 명만 제외하고. 장군이 이유를 물으니 머리를 긁적이며 답한다.

"남자 셋이 모인 곳에는 절대 가지 말라고 아내가 말했습니다. 저기엔 무려 10만 명이 모여있습니다. 감히 아내 명령을 어길 수 없어서 푸른 깃발 아래 혼자 섰습니다."

광해군 시대를 살았던 선비 유몽인이 쓴 《어우야담》에 나오는 이야기다.

남편은 자기가 옳다는 걸
증명하려 한다.
아내는 자기를 사랑한다는 걸
증명하라고 한다.

해변가 과일나무 위에 똑똑한 데다 성격까지 좋은 원숭이가 살고 있었다. 악어가 찾아오면 과일을 던져줘 서로 친해졌다. 남편이 가져온 과일을 맛있게 먹은 아내 악어는 이상한 논리를 가동시켜 희한한 결론에 도달한다.

'이 맛있는 과일을 삼시세끼 먹고 사는 원숭이의 간은 얼마나 맛있을까?'

그때부터 남편을 괴롭힌다.

"원숭이를 잡아 와."

친군데 어떻게 그럴 수 있냐던 남편 악어는 계속되는 아내 채근에 세뇌되어 잔꾀를 부린다.

"어이 친구, 오늘은 내가 대접할게. 우리 집으로 가자."

기뻐하며 서핑 자세로 악어 등에 올라탄 원숭이를 태우고 바다 한가운데로 나간 남편 악어는, 약간 남은 양심으로 원숭이에게 고백한다.

"미안해. 네 간이 필요해."

원숭이가 호탕하게 웃으며 말한다.

"우리 사이에 그게 뭐 대단한 거라고. 그런데 친구, 내 간은 너무 소중해서 나무 위에 숨겨두었는데 어떡하지?"

재빨리 유턴해 해안가로 돌아오자 원숭이는 악어 등에서 폴짝 뛰어 나무 위에 올라 안전거리를 유지한 채 말한다.

"멍충아. 평생 마누라한테 가스라이팅이나 당하며 살아라."

부처님 전생을 기록한 《자타카》에 나온 이야기다. 이 이야기가 중국을 거쳐 한국으로 건너오면서 주인공이 싹 바뀐다. 아내 악어는 용왕, 남편 악어는 자라, 원숭이는 토끼로 교체된다.

악어든 자라든 저렇게 살면 곤란하다. 남편은 다르다. 저런 자세로 사는 게 맞다. 남편 악어처럼 친구보다는 아내를 선택하고 세상 누구보다 아내 말을 들어야 한다.

그럼 간을 잃을 친구는?

다른 친구에게 부탁해 간을 조금 이식해주면 간은 다시 자란다. 다행히 한국은 간 이식 기술이 세계 최고다. 두 명에게서 조금씩 잘라 한 명에게 이식하는 것도 가능하다.

밖에서도 강하고 아내한테도 강한 남편은 양아치다. 밖에서는 온유하고 자신에겐 엄하지만 아내에겐 세상 약한 남편, 그가 진짜 사나이다.

36

여성이라는 이유로
호의를 베풀어달라는 것이 아니다.
남녀가 가진 디폴트가
다르다는 것을
인정하라는 말이다.

혼자 살아보면 제 분비물 제가 청소하다 보면 알게 된다. 서서 오줌 누는 남자들 방식이 좌변기만 있는 화장실 환경을 얼마나 더럽히는지를. 별별 용을 써봐도 튀는 오줌 방울은 반드시 변기를 벗어나고 지독한 냄새를 만든다.

집에서 아이들을 가르칠 때 남자아이들에게 말한다. 무조건 앉아서 누라고. 10명 중 한 명꼴로 받아친다.

"남자가 가오가 있지 어떻게 여자처럼 앉아서 싸요?"

"미친놈, 니가 청소할래?"라고 했다가 "예, 저 미쳤어요" 하면 낭패라 논리로 설득한다.

"너는 똥 쌀 때는 앉았다가 오줌 나오면 일어서니?"

그러면 대부분 수긍한다. 아예 변기 위에 써붙였다.

남자들, 소변은 반드시 앉아서 보세요.
남자들은 모르지만

여자들은 튄 오줌 냄새에 기겁합니다.

변기 커버에 묻은 오줌은 또 어떻고요?

힘들지 않습니다.

원래 대변 볼 때 소변도 같이 봅니다.

파이팅!

똥 누면 오줌은 절로 나온다. 악마는 디테일에 있다지만 큰일을 해결하면 작은 일은 저절로 해결되는 경우가 있다. 많다.

적들에게서 나라를 지키려면 내 목숨 바쳐야 하고, 디저트로 먹은 사탕 하나 몸에서 빼내는 데도 몇 시간을 뛰어야 한다. 소변에는 이 정도 노력도 필요 없다. 작은 동작, 정말 작은 동작 하나로 여성들 삶이 쾌적해지니 이보다 더 효율적이고 간단한 배려가 어디 있을까.

37

선물은
그것이 되돌아오지 않고
되돌아올 수 없을 때만
선물이 된다.

자크 데리다 Jacques Derrida

아내를 처음 만난 날, 1만 5,000원짜리 라면을 남길 때 알아
봤다. 입맛 엄청 까다로운 여자군.

사귈 때 아내는 세상 순둥이였다. 라면 먹자면 먹고, 짜장
면 먹자면 먹고, 감자튀김도 잘 먹는다. 나중에 알았다. 아
내는 남편 될 남자 식성 데이터를 차곡차곡 수집하고 있었
다는 것을.

"오빠 입맛이 고딩에서 멈췄어."
"고맙소, 다들 초딩 입맛이라 놀리는데."

어느 순간 아내는 본색을 드러냈다. 같이 잘 먹던 음식들
을 죄다 감옥으로 보낸다. 불시에 혈당을 체크한다. 혈압계
도 집으로 배달됐다. 어떤 날은 면역 레벨 측정 키트를 들이
민다. 콜레스테롤 수치가 불량하고 고지혈증에 요산 수치
도 임계치에 육박하도록 내 몸뚱이를 자유롭게 다루었으니
변명할 면목도 없다.

안개가 비처럼 내리는 아침이면 아내는 시애틀에서 마시

던 커피가 생각난다며 감성에 젖는다. 뉴욕에서 인종차별까지 감수하며 먹었던 200달러짜리 스테이크는 제주 흑돼지로도 커버가 안 된단다. 그렇게 캐나다를 거쳐 프랑스와 이탈리아로 넘어간 뒤 지구를 한 바퀴 돌아 동남아시아, 홍콩, 대만까지 섭렵한 후 일본 니시니포리에서 먹은 팥빙수로 마무리하면 아내의 회상 먹방은 아쉬운 탄식과 함께 끝난다.

"또 가고 싶어."

불쌍한 아내. 그에 비하면 나는 행복하다. 도넛, 튀김, 떡볶이, 피자, 샌드위치, 핫도그, 아이스크림, 김밥, 이마트 노브랜드 바삭한 콘칩 등 내 소울푸드는 반경 1킬로미터 안에 오골오골 모여있다.

아는 만큼 보이고 먹어본 만큼 더 먹고 싶을 수밖에 없다. 슬퍼하는 아내를 위해 아내가 미치도록 좋아하지만 나는 입에도 안 대는 음식을 먹으러 간다.

- 육지에서 손님이 오면 같이 감자탕 먹으러 가기
  나는 어린이 돈가스를 먹는다.

- 아내가 과로나 스트레스로 정신이 어질어질할 때 잽싸
  게 모시고 아시안 레스토랑 가기
  맨정신으론 그 특유의 향을 견딜 수 없다. 나는 고수 뺀
  반미만 겨우 먹는다.
- 족발 포장 배달 시키기
  나는 남의 발 안 먹는다. 딸려 오는 쟁반국수만 먹는다.
- 서울 가면 무조건 이태원 동아냉면 가기
  나는 만두를 먹는다.

아내에게 주는 내 선물이다. 마음의 준비가 끝나면 곱창
과 게장도 도전해볼 예정이다.

38

현명하다는 것은
무엇을
무시해야 하는지
아는 것이다.

월리엄 제임스William James

아내는 새벽형 인간이다. 10시쯤 잠들어 새벽 5시면 활동을 시작한다. 나는 혼합형이다. 12시에 자고 5시 30분에 일어나 활동하다 점심 먹고 30분쯤 낮잠을 잔다.

밤새 나른해진 거실 공기는 아내가 끓이는 새벽 커피 향으로 정신을 차린다. 그렇게 아내는 해가 뜨기 전에 벌써 커피 두세 잔을 마신다. 그런 아내가 걱정되어 쳐다보면 아내가 묻는다.

"Do you like coffee?"

영어엔 영어로.

"No, I don't like coffee. I like ONLY you."

아내는 생글 웃으며 말한다.

"나도 여보가 좋아. 하지만 커피도 좋아."

한 번씩 나는 아내에게 고백한다.

"사랑하오, 부인."

아내는 소녀 닮은 낭랑한 목소리로 답한다.

"Me, too. 나도 나를 사랑해."

아내의 자존감은 타고난 듯하다.

39

인생은 되돌아볼 때에만
이해할 수 있다.

키에르케고르

20대엔 차가 주는 속도감이 신기했는데 30대 중반을 넘어서니 걷는 게 너무 좋다. 휴가만 생기면 제주로 가서 걸었다. 반나절을 걸어도 사람 하나 만날 수 없는 고독이 좋았고 (올레길이 생기기 전이었다), 무심한 듯 마주치는 먼바다 돌고래는 다른 세계를 꿈꿀 수 있는 선물이었으며, 한밤중 얼핏 잠이 깼을 때 눈 위로 별이 쏟아지는 해안가 비박은 신비로웠다.

제주로 이주하면서 차를 팔았고 튼튼한 등산화를 새로 샀다. 한두 시간 거리쯤은 가뿐히 걸어 다니는 게 자유롭고 행복했다. 서귀포 이마트에서 제주시까지 평화로를 끼고 40킬로미터도 여러 번 걸었다. 제주시에서 모슬포까지 걸어도 40킬로미터쯤 되는데, 펜션에 들어가자마자 다리가 풀려 누워서 샤워했다. 행복한 시간들이었다.

아내와의 결혼은 다른 결이었다. 아내를 위해 차가 반드시 필요했다. 박박 긁어모은 500만 원을 들고 헐값에 팔아버린 내 차를 아까워하며 지인 소개로 중고차 시장에 갔더니 그 돈으로 살 수 있는 차는 몇 년된 은색 엑센트뿐이었다.

후방 카메라는커녕 시트 열선도 없다. 백미러도 손으로

접어야 했다. 서울에서 그랜저를 타고 다녔던 아내에게 미안했다. 고맙게도 아내는 개의치 않는다.

2~3년쯤 지나자 차가 변한다. 지붕, 문짝, 본네트 도장이 조금씩 떨어져 나가면서 뜬금없는 미색이 올라온다. 표면도 오돌토돌하다. 우리에게 오기 전 뭔가 큰일을 겪은 것 같아 마음이 짠하고 그 차를 타고 다니는 아내도 짠하지만 아내는 개의치 않고 차를 몰고 신나게 돌아다닌다.

나중에 형편이 좀 나아지고 큰 차가 필요해, 처남이 타던 SUV를 직거래로 구입했다. 속은 여기저기 곪았지만 겉은 멀쑥하다. 바꿔 타자고 해도 아내는 승용차가 좋다며 칠 벗겨진 엑센트를 계속 타고 다닌다.

제주에 지인들이 오면 그나마 상태 좋은 내 차를 빌려준다. 조카 가족이 제주에 와도 마찬가지. 조카는 몇 년째 똑같은 말을 한다. 이 차 우리 아빠 찬데.

결혼 초에 우리는 100만 원도 안 되는 수입으로 살아야 했다. 이런저런 궁리할 때 아내는 식당에 가서 그릇을 닦을 수도 있고 귤 따러 다닐 수도 있다고 했다. 남 시선은 전혀 신경 안 쓴다고 했다. 진심으로 놀랐다. 중앙지 기자를 했고 사업체도 운영하며 대표님 소리 듣던 아내다.

자존감이 매력일 수 있다는 것, 최대 매력일 수 있다는 것, 처음으로 깨달았다. 예전에 연애할 때 내 기준은 참으로 저열했구나.

나는 자존감이 낮고 부끄럼도 많아 남 시선이 두렵다. 아내는 정반대다. 아내를 좋아하고 존경할 이유가 하나 더 늘었다.

별을 보면 별을 닮고 꽃을 보면 내 안에 꽃이 핀다.

그렇게 사람은 자신이 바라보는 것을 닮아간다.

나는 아내를 본다.

꽃을 보면 꽃이 된다.
바다를 보면 바다가 된다.
별을 보면 별이 된다.
사람은 바라보는 걸 닮아간다.

1700년 전 중국 사람 손초는 세상살이에 넌더리가 났다. 속세를 떠나기로 결심하고 친구 왕제에게 고전을 인용해 네 글자로 소식을 전한다.

'수석침류漱石枕流'

돌로 양치질하고 흐르는 물로 베개 삼겠다는 뜻이다. 잘못 인용했다. 왕제가 비웃으며 말한다.

"아는 척하려면 제대로 해야지. 침석수류枕石漱流. 돌을 베개 삼아 눕고 흐르는 물로 양치질한다. 속세를 떠나겠다는 말이지?"

굳이 저렇게까지 지적질을. 어쨌든 친구 인성은 별개로 하고, 이럴 때 자존감 높은 사람들은 실수를 인정하고 웃고 만다. 손초는 달랐다. 억지를 쓴다.

"언다 대고 지적질이야. 흐르는 물을 베개 삼겠다는 것은 쓸데없는 말을 들었을 때 귀를 씻으려는 것이고, 돌로 양치질한다는 것은 이를 닦는다는 뜻이야."

자존감 낮은 사람들이 이렇다. 제 실수나 패배를 인정하지 않는다. 방어적 태도가 지나쳐 공격성을 보이기도 한다. 열등감이 많고, 열등감에 대한 방어기제로 우월감이나 과도한 자신감을 표출한다. 상대적 박탈감이 심해서 시기나 질투가 강할 수도 있다.

일본인이 가장 존경하는 문학자 나쓰메 소세키夏目漱石. 나쓰메 긴노스케夏目金之助가 본명이다. 수석침류의 '수석漱石(소세키)'으로 이름을 바꿨다. 부정적 의미도 자유롭게 갖다 쓰는 것, 자존감 높은 사람들 특징이다. 자존감이 낮으면 반대다. 자신에 대한 평가가 박하기에 외모, 옷차림, 명품, 값비싼 자동차로 자신을 덮으려 한다. 연인이나 배우자가 자존감이 낮으면 상대방이 힘들어지는 이유다.

자존감이란 있는 그대로의 자신이 존귀하다고 믿는 마음, 사랑받을 가치가 충분하다고 믿는 마음이다. 그러니 행복하다. 안정감과 단단함에 더해 감사와 평안이 말과 표정과 행동에서 묻어나온다.

자존감 높은 사람을 연인으로, 배우자로 맞으면 행복할

확률이 강남 아파트 시세 그래프와 같다. 다른 사람들이 행복할 때 더 크게 행복하고, 다른 사람들이 불행할 때도 덜 불행하다.

내 자존감은 어떻게 높일 수 있을까?

뛰어난 성취를 한다고, 경제적 자유를 이룬다고, 명품으로 치장한다고 가능한 게 아니다. 내 승낙 없이는 누구도 내가 열등하다고 느끼게 만들어서는 안 된다. 나 자체를 인정하고 스스로의 존엄을 믿어야 한다.

- 모든 국민은 인간으로서의 존엄과 가치를 가지며, 행복을 추구할 권리를 가진다. 대한민국 헌법 2장 10조
- 인간의 존엄은 불가침이다. 유럽연합 기본권 헌장 제1조
- 모든 인간은 태어날 때부터 자유로우며 그 존엄과 권리에 있어 동등하다. 세계 인권 선언 1조

상대방의 자존감은 어떻게 높여줄 수 있을까?

상대방을 바라보며 존재 자체를 인정하고, 감사하고, 그 마음을 매일 표현할 때 상대방은 물론 내 자존감까지 높아진다. 그렇게 부부는 서로 닮아간다.

41

본질적인 것에는 일치를.
비본질인 것에는 자유를.
이 모든 것에 사랑을!

마르코 안토니오 드 도미니스 Marco Antonio de Dominis

나는 차 연료가 20퍼센트쯤 남으면 주유소로 간다. 아내는 경고등이 들어와도 한참을 더 탄다. 퇴근길에 넣으라고 여러 번 말해도 싱글벙글이다. 애간장이 탄다. 저러다 길 중간에 멈추기라도 하면 얼마나 위험한데.

스트레스를 받다 생각을 바꿨다. 내가 아내 차를 타고 가서 미리 넣으면 된다.

아내는 갑각류 알레르기가 있다. 그런데 게장이 최애 메뉴다. 특히 시댁에서 시어머니가 만들어주는 게장을 너무 좋아한다. 입술이 붓고 목이 부어가는데도 먹는다. 몇 번이나 말려도 계속 먹는다.

생각을 바꿨다. 얼마나 먹고 싶으면 저럴까. 뻔히 나쁜 줄 알면서도 튀김과 도넛의 유혹에 나도 한 번씩 굴복하잖아.

아내는 왼쪽 아랫입술을 손으로 뜯는다. 습관이다. 그러다 피가 나고 겨울에는 매일 갈라진다. 피 나는 게 안쓰러워

말려도 그때뿐이다. 엄마 아빠한테 평생 들은 소리를 남편한테도 들어야 하냐며 뾰롱거린다.

생각을 바꿨다. 그래, 고칠 수 없는 습관도 있어. 내가 볼 땐 야트막한 언덕이지만 아내에겐 한라산일 수 있지.

본질에는 일치를.
비본질엔 자유를.
이 모두에 사랑을!

성 어거스틴 St. Augustine이 한 말로 알고 있지만 17세기 대주교 마르코 안토니오 드 도미니스가 한 말이다. 내가 가장 좋아하는 말이다.

주유 습관도, 게장 알레르기도, 입술 뜯는 것도 비본질이다. 그것마저도 이해하고 사랑하는 것, 그게 남편이다.

위대한 사랑은 위대한 사람이 하면 된다. 사소한 사랑으로 오늘 하루를 채울 수 있다면, 그 하루가 매일 매일 계속된다면 그것으로 족하다.

42

의로운 개가 목숨을 바친 곳
가던 길 멈추고서 비석을 보네
술 취해 잠든 주인 깨지를 않고
바람에 불이 번져 태우려 하자
주인 목숨 구해 온전케 하니
대가를 바라고 목숨을 바쳤겠는가
세상에 구차하게 사는 사람들
이 무덤을 본다면 부끄럽겠지

조선 선비 홍직필(1776~1852)이 의구총을 지나다가 쓴 시
의구총은 불길 속에서 주인을 구한 의로운 개가 묻힌 무덤으로
경상북도 구미시 해평면 낙산리에 있다.

■

20대 후반, 태어난 지 한 달쯤 된 믹스견 한 마리를 키우게
됐다. 기구한 사정으로 갈 곳 잃은 딱한 아이였는데 아무도
거두지 않아 내가 그냥 맡았다.

개를 처음 키우는 터라 아무것도 몰랐다. 한동안은 겸상
하며 내가 먹는 밥과 반찬을 같이 먹였다. 내 초딩 입맛 덕
분에 아이도 맛나게 먹었다. 베개도 같이 베고 잤다. 그랬
더니 아이는 자기를 인간으로 믿는 것 같았다. 다른 개들을,
인간이 개 쳐다보듯 내려보고 어울리지 않았다. 개도 사회
성이 있다는 걸 몰랐던 서툰 아비 잘못이다. 늦었지만 열심
히 개에 대해 공부했다.

30대 때 부모님을 서울로 모셔 함께 살게 되면서 아이 양
육은 자연스레 아버지가 맡게 됐다. 아버지는 아이를 물고
빨고 했다. 우리한테 저렇게 했으면 얼마나 좋았을까 싶다.
그래도 아이를 예뻐하고 좋아하는 아버지가 신기하고 그저
고마웠다.

내가 제주로 떠날 때 아이는 열 살이 넘었는데 그때까지
도 팔팔했다. 몇 달에 한 번 서울 본가에 가면 방 안에서 삼
촌 안녕 하는 조카들과 달리 현관까지 달려와 점프하며 내

얼굴을 핥았다.

하지만 언제부터인가 아이는 할아버지 방 침대 모서리에 웅크리고 앉아 햇빛만 쬐고 있다. 문소리도 못 듣고 껌뻑껌뻑 존다. 군데군데 털이 빠져 종양 제거했던 흉터가 도드라진다. 한쪽 눈이 혼탁해지다가 시력을 잃더니 다른 눈도 혼탁해진다. 어디선가 읽었던 글이 내 영혼에 칼을 꽂았다.

반려동물을 키운다는 것은
이별을 준비해야 된다는 말이다.

평소 좋아하던 개껌이 특가로 나왔기에 말 그대로 엄청난 양을 보냈는데, 본가에 가보니 그대로 있다. 이젠 못 씹는단다. 그걸 제주로 가져와 산책할 때마다 묶여있는 동네 개들에게 하나씩 줬다. 너희들을 묶어놓을 수밖에 없는 주인들의 사정, 혹은 무지를 용서해라. 이걸 씹는 30분 만이라도 너희들이 행복했으면 좋겠다.

묶인 동네 개들과 늘 눈치 보는 길고양이들은 내 스승들이다. 저 아이들이 불쌍해 주체할 수 없는 연민이 나를 휘몰아칠 때, 늘 같이 오는 깨달음이 있기 때문이다. 동물을 불쌍히 여기는 만큼 인간도 불쌍히 여기자. 더 사랑하자.

며칠 전부터 아이가 이상하다는 얘기를 들었는데 어느 날 아침, 큰 조카가 영상통화를 한다. 좁은 화면 속에서 아이는 앞발로 상반신을 곧추세운 채 가쁜 숨을 몰아내며 주기적으로 몸서리친다. 아이나 나나 마지막임을 알았다. 그날 아내는 내 우는 모습을 처음 봤다. 이를 악물고 아이에게 이 세상 마지막 말을 전했다.

"그동안 고마웠어. 그만 애쓰고 이제 편안하게 가."

20대 후반에 내게로 와 40대 초반까지, 내 아이로 18년을 살았던 아이는 반으로 접은 수건도 못 채울 정도로 작았다. 조카 둘은 그날 학교를 빠졌고 누나 역시 하루 종일 울었다. 그 강했던 경상도 상남자 아버지도 몇 날을 슬퍼하셨다. 나는 결심했다. 두 번 다시 반려동물과 함께하지 않으리.

언제부터인가 아내가 반려견을 키우자고 한다. 아내는 어릴 때부터 반려견과 함께 살았고 죽음도 몇 번이나 지켜봤다. 나는 다시 죽음과 만날 자신이 없고, 하루 종일 집에서 우리만을 기다릴 아이들의 외로움을 직면할 용기가 없다고 말했다. 아내는 반려견과 동행하는 행복이 너무 그립다고 했다.

이 일로 우리는 결론 없는 대화를 한 번씩, 몇 년째 나누었다. 내 입장은 확고했고 아내 역시 바라는 바가 분명했기에 반려견 문제는 불거질 때마다 우리 사이에 스트레스 요소였다. 자연스럽게 봉합될 문제가 아니기에 나는 다시 생각했다.

본질적인 것에는 일치를.
비본질적인 것에는 자유를.
모든 것에는 사랑을.

반려견 문제에서 본질은 뭘까?

아내가 만족하면 내가 괴롭고 내가 만족하면 아내가 힘들다. 이런 걸 '제로섬 게임'이라 한다. 제로섬 게임이 부부 사이에 본질 자리를 차지해선 안 된다.

나는 그동안 착각하고 있었다. 내 슬픔이 너무 크니 당연히 그게 본질적 문제일 거라고, 당연히 아내가 양보해야 한다고.

반려견 문제를 본질에서 비본질로 강등시켰다. 범주를 다시 설정하니 마음속에 없던 공간이 생긴다. 그렇게 내린 결론이다.

'개보다 독립적인 성향을 가진 고양이를 키우면 어떨까?'

마크 트웨인이 쓴 글도 한몫했다.

> 고양이는 도저히 거부할 수 없어. 특히 가르렁거리는
> 소리를. 고양이보다 깔끔하고 똑똑한 존재는 없어. 사
> 랑하는 여자는 빼고.

문제의 절반이 해결되니 나머지 절반, 즉 반려동물 죽음
문제도 훨씬 가벼워지는 느낌이다. 무섭지만 한번 직면해볼
마음도 생긴다. 아내와 이 문제에 대해 얘기를 나눴다. 아내
역시 한 발 양보했다. 개가 최선이지만 고양이도 좋다고.

그렇게 우리는 우리 각자 마음에서 본질로 행세하던 문
제를 비본질로 내려보냈고, 한결 여유로운 마음에서 최선이
아닌 차선을 선택했고, 그 차선이 우리에게 최고가 될 것이
라 확신했다.

아내는 기쁜 마음으로 유기 고양이 입양을 알아봤다. 마
지막 관문은 알레르기 검사다.

아내는 어릴 때 천식을 앓았고 지금도 겨울엔 기관지 문제로 다소 불편함을 느낀다. 그래서 나는 집 청소할 때 그 좋다는 다이슨을 장식품 취급한다. 거기서 나오는 미세먼지가 아내 기관지를 자극할까 염려되어 돌돌이로만 청소한다.

검사 결과, 나는 말짱했다. 아내는 다 괜찮은데 딱 하나가 문제였다.

대충 다음 결과를 예상했으리라 본다. 각본을 써도 이렇게 쓰면 저급하다. 하지만 어쩌랴. 아내에게 있는 유일한 알레르기 유발 물질이 고양이털인 것을.

우리는 검사 결과를 받고 병원문을 나서면서 터지는 웃음을 참을 수 없었다. 이 정도면 우리 삶도 얼추 코미디다.

우리 논쟁은 이제 '알레르기가 있음에도 고양이와 함께하는 게 맞는가'로 변했다. 하지만 나는 믿는다. 이 논쟁 역시 본질적 문제가 아니기에 너그러울 수 있고, 그 속에서 우리는 자유함으로 접점을 찾을 것이며, 그렇게 우리는 더 서로를 이해하고 사랑할 것이라는 것을.

43

연민이 내 삶을
파괴하지 않을 정도로만
남을 걱정하는 기술이라면
공감은 내 삶을 던져
타인의 고통과 함께하는
삶의 태도다.

수전 손택 Susan Sontag

"오빠, 오늘 피자 먹을까, 아님 다른 거?"

"떡볶이 먹읍시다."

"아니, 오늘은 피자가 땡겨."

이건 무슨 대화법이지?

"오빠, 이번 추석에 서울 올라가잖아. 양가 부모님께 선물할 옥돔 사러 동문시장까지 가는 건 좀 귀찮지?"

"귀찮지. 집 근처에도 수산물 매장이 둘이나 있는데."

"그래도 동문시장이 나을 거야. 거기로 가자."

"어차피 부인 맘대로 할 거, 왜 물어보시오?"

아내는 깔깔 웃는다. 나는 대학에서 철학을 공부했고, 그중 많은 시간을 논리학과 해석학에 들였다. 아내와 대화하다 보면 그 시간과 노력이 아깝다. 어느 교수님도 아내 말해석하는 방법을 가르쳐주지 않았다. 수백 번 실패 후 몸으로 터득하고 있지만 갈 길이 멀다.

"오빠, 오늘 짜장면 먹을까, 아님 (2초 후) 떡볶이나 다른 것도 괜찮고."

이러면 짜장면이다.

"쿠팡 아저씨가 밤에 오셨네."

후딱 나가서 택배 들고 오란 말이다.

"오빠, 그 모임에 꼭 가야 할까?"

이때 정신 바짝 차려야 한다. OX 문제도 아니고 오지선다도 아니다. 공감해달라는 신호다. 실패하면 끝장이다.

"힘들었구나. 굳이 안 가도 돼. 그 사람들 안 보면 되지 뭐."

그리스어 파토스pathos는 사고, 나쁜 경험, 고통, 불운을 뜻한다. 여기서 유래한 영어 단어가 심퍼시sympathy(동정)와 엠퍼시empathy(공감)다. 단어를 쪼개면 의미가 살아난다.

sym(동시에)-pathy(고통)

: 타인의 고통을 나도 동시에 느낀다.

em(안으로)-pathy(고통)

: 타인의 고통 속으로 '일부러' 들어간다.

심퍼시, 즉 동정과 연민은 노력이 필요 없다. 즉각적으로 발생하는 감정이다.

엠퍼시는 다르다. 노력이 필요하다. 갈고닦아야 길러진다. 그래서 '공감'은 '능력'과 패키지다. 공감 능력.

공감은 자신만이 옳다는 확신을 녹일 수 있는 따뜻한 손난로다.

44

맹자가 말한 인간이 가진
네 가지 본성이다.

측은지심惻隱之心
다른 사람을 불쌍히 여기는 마음

수오지심羞惡之心
잘못을 부끄러워하는 마음

사양지심辭讓之心
남에게 사양할 줄 아는 마음

시비지심是非之心
옳고 그름을 분별할 줄 아는 마음

내 하나밖에 없는 처남. 키는 작은데 몸매는 타이슨이다. 실제 권투를 오랫동안 했다. 표정은 더 무섭다. 얼마 전까지 머리를 바리캉으로 밀고 다녀 씨익 웃으면 진짜 무섭다. 한밤중 잠이 깨서 화장실에 갔다 오다 거울을 보고 자기도 놀랐단다. 차창만 내리면 시비 걸던 차들이 화들짝 달아난다. 처남과 함께라면 어디라도 거뜬할 듯하다.

그런 내 처남은 별명이 '일산 생불'이다. 내가 지었다. 도통 화를 안 낸다.

내 아내 역시 화를 안 낸다. 별명이 '제주 보살'이다. 처남이 지었다. 어쨌든 희한한 남매다. 그런 아내가 어쩌다 흥분해서 퇴근할 때가 있다.

"오빠, 나 사고날 뻔했어."

어떤 놈이냐며 내가 더 흥분한다. 블랙박스 SD 카드를 꺼내 영상을 재생하며 신고할 준비를 한다. 단, 영상 재생 전에 반드시 볼륨을 끈다. 아내가 차 안에서 욕을 했을 수도 있고 내가 들으면 곤란한 통화를 했을 수도 있으니까.

우리 부부는 휴대전화 비밀번호 패턴도 똑같다. 내가 아내를 따라 했다. 선만 찍 그으면 사생활을 다 들여다볼 수 있지만 아직 한 번도 아내 휴대전화를 본 적 없다. 아내가 나를 들여다봤는지는, 모르겠다.

아내는 어릴 때부터 지금까지 일기를 쓰고 있다. 이사하다 얼핏 본 것만 수십 권이다. 처음엔 일기장인 줄 몰랐다. 아내가 후다닥 숨기길래 알았다. 안 볼 테니 힘들게 숨기지 말라고 했다. 그리고 지금까지 안 봤다. 안타깝게도 아내가 볼 만한 일기장이, 내겐 없다.

인간은 완벽하지 않다. 때론 쌍욕도 하고, 생각만 해도 부끄러운 모습도 인생 마디마디 끼어있고, 숨기고 싶은 과거 몇십 개쯤은 췌장이나 십이지장 깊숙이 간직하고 있다. 부끄러운 것을 부끄러워할 수 있으면 그것만으로도 우리는 존엄하다. 그 모든 것을 극복한 사람은 난 놈이고.

존엄은 혼자 완성되지 않는다. 내 단점을 비판하지 않고 모른 척해줄 수 있는 사람, 내 치부마저도 안고 가줄 수 있는 사람, 그런 사람이 있어야 내 존엄은 완성된다. 그런 사람이 부부다. 아내의 휴대전화를 들여다보지 않는 건, 사생활 존중을 넘어서, 아내의 존엄을 지키려는 나의 결단이다.

그리고 그 결단에는 아내에 대한 신뢰가 있다.

　나는 아내가 카톡할 때도, 문자를 보낼 때도, 통화할 때도 모른 척한다. 아내는 반대다. 본다. 자기도 민망한지 힐끔 힐끔, 하지만 끝없이 본다. 통화가 끝나면 반드시 내게 묻는다. 누구냐고. 나를 신뢰하지 못해서가 아님을 알고 있다. 아내는, 그냥 세상 모든 일이 궁금한 사람이라 그렇다.

　한 번씩 얄밉긴 한데 그래도 귀엽다.

45

내 사랑 아일린,
나는 당신을 너무 사랑해.
당신은 이 말을 듣는 것을
무척 좋아했지.

당신을 사랑한다고 말하고 싶어.
영원히 당신을 사랑할 거야.

당신이 세상에 없으니까
당신을 사랑하는 것이
무슨 의미인지 알기가 힘들어.

하지만 여전히 당신을
편하게 해주고 싶고 돌봐주고 싶어.
당신도 날 사랑하고
돌봐줬으면 좋겠어.

내 사랑.
이 편지를 부치지 못하는 걸
용서해줘.
당신의 새 주소를 도저히 모르겠어.

물리학자 리처드 파인만Richard Feynman이 아내가 죽고 2년 후 쓴 편지(일부 발췌)

남신 이자나기와 여신 이자나미는 신혼집을 알아보러 다니는 대신, 아예 나라 하나가 들어설 땅을 바다 위에 만들어버린다. 그게 일본이다.

나라 하나를 뚝딱 만드는 스케일답게 아이들 출산도 양육비나 교육비 부담 따윈 없다. 하나, 둘, 셋, 넷, 다섯, 여섯…. 그렇게 아이 30명을 낳아 다산왕 타이틀을 거머쥘 즈음 막둥이 '불의 신'이 사고를 친다. 이름답게, 출산 과정에서 엄마 몸을 홀랑 태운다.

남편 이자나기가 급히 앰뷸런스를 불러 병원으로 향했으나 응급실 문턱을 밟기도 전에 이미 상황 끝이다. 현실을 받아들일 수 없었던 이자나기. 떠나간 아내를 이승으로 데려오기 위해 저승으로 향한다.

저승 출입구에 도착한 이자나기, 스위치가 망가질 정도로 초인종을 누르지만 무반응이다. 슬픔과 분노로 이성을 잃은 이자나기는 저승문을 발로 차고 머리로 찧어 대며 행패를 부린다. 그러자 저승 저 안쪽 컴컴한 어둠 속에서 문쪽으로 걸어오는 익숙한 발걸음. 얼굴을 가린 아내 이자나미다.

"조금만 더 일찍 오시지 그랬어요. 저는 이미 저승 음식을 먹고 말았습니다. 그래도 혹시 모르니 염라대왕에게 부탁해보겠습니다. 하지만 당신은 이곳에서 기다리셔야 합니다. 절대 문 안으로 들어와서도, 제 모습을 봐서도 안 됩니다."

한 시간이 가고 두 시간이 지나도 아내가 돌아오지 않자, 애가 탄 남편은 문을 부수고 저승 쪽으로 걸어 들어간다.

여자친구건 아내건 여자 쪽 주장에 순순히 따르면 대체로 큰 화는 면한다. 남편은 저승 한구석에서 썩어가고 있는, 구더기가 득시글거리는 아내 시체를 발견한다.

공포에 질린 이자나기는 죽을 힘을 다해 도망친다. 치부를 들킨 이자나미는 남편을 죽여달라고 도깨비들에게 부탁한다.

가까스로 저승문을 빠져나온 이자나기는 출입문 근처에서 자라던 복숭아 세 개를 따 도깨비들에게 힘껏 던진다. 평소 복숭아 알레르기로 고생하던 도깨비들, 추격을 포기하고 치사한 놈이라 이자나기를 욕하며 저승으로 돌아간다.

한숨 돌린 이자나기는 1,000명이 힘을 합쳐야 들 수 있는 천인석을 세워 저승과 이승의 경계로 삼았다.

사고로 훼손된 사체를 부둥켜안고 울 수 있는 건 부모밖에 없다고 한다. 자식은 절대 그렇게 못한단다. 부부는 어떨까?

당해보지 않은 일이라 자신할 수 없지만 내 작은 아내를 혼자 남겨둘 순 없을 것 같다. 거기가 지옥이라 하더라도.

46

안나, 내가 당신을
뜨겁게 사랑했다는 것을,
꿈에서라도 당신을
배반하지 않았다는 것을
기억해줘.

죽어가는 도스토옙스키Dostoevskii가 아내에게 마지막으로 남긴 말

✽

아내를 만나기 전까지 내 연애는 20대가 끝이었다. 20대 땐 또래 친구들만큼 연애를 했다. 당연한 소리지만 바람 피운 적은 없다. 부끄럽게도 곁눈질은 슬쩍슬쩍 했다.

아내를 사랑하기로 결단한 후, 가장 걱정되는 건 내 자신이었다. 물방울이 다른 물방울과 닮듯 어쩌면 그보다 더 비슷하게 미래는 과거를 닮아가기 때문이다. 본성은 바뀌는 것이 아니라서 적절히 관리하지 않으면 과거에 일어난 일이 반드시 미래에도 일어난다.

'몸과 마음은 물론, 생각 하나라도 내 여인을 배신하지 않겠다.'

그날 이후 나는 외간 여자에겐 1초 이상 눈길을 주지 않으려고 노력한다. 남자인지 여자인지, 적군인지 아군인지 정체만 파악하고 시선을 돌린다. 맘스터치에서 감자튀김 살 때도 직원이 여성이면 다른 곳을 보면서 주문한다. 요즘은 키오스크라 참 좋다. 대중 강연을 할 때면 허공을 보거나 초점을 흐린다. 청중들이 쟤는 왜 눈이 풀렸지, 할 수도 있었겠다.

왜 그렇게까지 하는가?

나 자신을 믿을 수 없기 때문이다. 본성은 스스로를 감추는 기술이 기막히다. 잠시라도 방심하면 숨어있던 본성은 야수가 되어 나를 집어삼킨다.

아내에게 한 첫 고백이다.

"나는 당신을 사랑할 수 있을 것 같소."

내가 먼저 죽는 날, 혹은 아내가 먼저 죽는 날, 아내에게 할 마지막 고백이다.

"나는 생각으로라도 당신을 배신하지 않았소. 영원히 내 사랑."

47

당간지주에 걸린 깃발이 펄럭거리자
한 스님이 말한다.

"바람이 움직입니다."

다른 스님이 말한다.

"아닙니다. 깃발이 움직입니다."

여러 스님들이 두 패가 되어 논쟁을 벌이자
혜능 선사가 말한다.

"바람도 아니고 깃발도 아닙니다.
그대들 마음이 움직입니다."

제주에 살면서 알게 된 여사친들이 몇 있다. 수십 년 전 제주에 정착한 고등학교 친구의 동생뻘 되는 지인들이라 친구를 매개로 자연스럽게 친해졌다. 다들 아이가 둘이나 셋인 유부녀들이다. 어쩌다 한 번씩 만나 밥 먹고, 볼링 치고, 부부 고민 들어주는 게 전부다. 물론 그들의 고민을 들어주는 사람은 결혼도 하지 않은 나였다.

연애를 시작하고 결혼을 결정하며 여사친 문제를 어떻게 할까 고민했다. 아내에게 제주 친구를 만들어주는 게 좋을까? 그래서는 안 되겠다는 느낌이 쎄하게 왔다. 아내에게 조금이라도 신경 쓸 거리를 주고 싶지 않기도 했다. 그래서 오빠 결혼한다, 고 알리고 자연스레 연락을 끊었다.

얼마 전 연애 관련 프로그램을 보다가 남사친 여사친 문제가 연인들 사이에서 심각한 논란거리임을 알게 됐다. 아내에게 물었다.

"내가 여사친 만나러 간다면 어떻게 하겠소?"
"이혼하고 가."

"그럼 부인도 남사친 만나러 안 갈 거요?"

"나는 당연히 가지."

그때 정리하길 잘했다.

지인들과 함께 모였을 때 재밌는 성격 테스트를 했다. 테스트 결과가 닮은 정치인으로 나오니 직관적이고 좋다.

아내는 푸틴이 나왔다. 잘못 체크했다며 다시 신중하게 문항들을 체크했더니, 바뀌었다. 시진핑으로.

아내에게 한 번씩 남사친 전화가 온다. 그 친구가 제주에 오면 나와 같이 만나기도 한다. 서울 친정에 아내가 쓰던 방에 가면 액자 속에서 젊은 조인성(진짜 조인성)과 내가 본 적도 없는 젊은 아내, 둘이서 활짝 웃고 있다. 기자 시절 찍은 사진이란다. 처음엔 이게 뭔가 싶었지만 이젠 그러려니 한다. 여러 번 보니 요즘은 반갑다. 참 잘생겼구먼.

사람은 말이 아니라 행동으로 말한다. 그동안 쌓은 신뢰가 있기에 아내가 어떤 말을 하고 어떤 남사친을 만나도, 심지어 조인성을 만난다고 해도 괜찮다.

잠깐, 그럼 나는 뭐지?

빈손으로 호미 잡고

걸어가며 물소 탄다.

사람이 다리를 건너는데

다리는 흘러도 물은 흐르지 않는다.

　대체 뭔 소리야 싶지만 혜능 선사보다 150년쯤 앞서 살았던 중국 선혜 대사가 남긴 유명한 게송偈頌(불교 깨달음을 시로 표현한 것)이다. 모순된 진술을 통해 언어와 논리로는 도달할 수 없는 한 단계 높은 인식을 추구한다. 불교만 그럴까. 타자를 이해하는 작업도 그렇고 결혼은 더더욱 그렇다.

사벌등안 捨筏登岸

언덕을 오르려면 강을 건너게 해준 뗏목은 버려야 한다.

《금강경》

※

과거를 기억하라. 그리고 그로부터 배우라. 세네카

용서하라. 그러나 절대 잊지 말라. 역사를 잊어버리면 다
시 우리는 방황하게 될 것이다. 이스라엘 야드바셈 역사박물관

멋진 말이지만 연애와 결혼에선 다르다. 내 과거든 상대
방 과거든 일획도 남김없이 잊어야 한다. 왜 그럴까?

상대방의 과거를 떠올리는 행위는 오래된 영화를 재생하
는 것과는 전혀 다르다. 언제 재생해도 똑같은 장면을 보여
주는 영화와 달리, 상대방의 과거는 떠올릴 때마다 버전이
조금씩 변한다. 내가 가진 불안, 욕망, 원망, 상상, 소망에
따라 상대방의 과거는 조금씩 왜곡되어 재생된다. 다른 사
람 이야기나 드라마에서 봤던 내용과 섞이기도 한다. 먼 과
거일수록 왜곡 폭은 넓고 깊다. 상대방의 과거는 현재의 내
느낌이다.

같이 겪은 게 아니라 상대방으로부터 '전해 들은' 과거는
더 조심해야 한다. 언어란 의미의 바다에 펼쳐진 그물과 같
아서 언어 그물에 잡히지 않는 경험도 있다. 완전한 맥락 묘
사가 불가능하다. 이런 이유로 상대방의 과거 진술은, 거짓

이나 악의가 전혀 없음에도, 상대방 입에서 나오는 순간 오염된다. (상대방에게 들려주는 내 과거도 마찬가지다.)

언어는 내포와 외연에 일정한 한계를 가지기 때문에 상대방이 진술한 과거는 내 귀에 들어오면서 한 번 더 오염된다. 그렇게 머릿속 어딘가로 들어간 과거는 다른 기억들과 뒤섞여 곰삭혀지면서 완전히 왜곡된다.

다툴 때 상대방의 과거를 뇌에서 다시 꺼내는 것은 밭두렁에서 고약한 냄새 풍기며 썩어가는 두엄더미를 애써 뒤집는 행위이고, 원본과는 다른 허깨비로 상대방은 물론 나 자신을 괴롭히는 자해가 된다.

그럼 부끄러운 과거는 어떻게 해야 할까?

완벽한 사람은 없다. 죽도록 부끄럽고 스스로에게조차 숨기고 싶은 과거가 반드시 있다. 하지만 어쩔 건가. 이미 벌어진 일인데. 불교인이면 참회懺悔하면 된다. 《육조단경》에 나온다.

참懺 : 종신토록 잘못을 짓지 않음

회悔 : 과거의 잘못을 통렬히 뉘우침

기독교인에겐 회개가 있다. 〈요엘서〉 2장이다.

옷을 찢지 말고 심장을 찢어라.

목숨을 걸고 마음을 바꿔서, 다시는 같은 죄를 짓지 말라
는 말이다. 종교가 없다면 김수영 시인이 좋겠다.

썩어빠진 어제와 완전히 결별하라.

이 정도 반성과 결단이 있다면 내 과거든, 배우자 과거든,
숨기고 싶은 과거든, 부끄럽진 않지만 상대방이 들으면 껄
끄러울 과거든, 완전히 잊는 게 좋다. 아예 말하지 않거나
듣지 않는 게 가장 좋다. 굳이 들었다면 철저히 잊어야 한
다. 간혹 한 잔 술로 방아쇠가 당겨져 스멀스멀 기억이 떠오
르려 할 때, 바퀴벌레를 대하듯 전력을 다해 한 방에 없애야
한다.
기억은, 심지어 좋은 기억이어도 우리 마음엔 짐이 된다.
과거를 완전히 잘라내지 않으면 과거는 지겹도록 엉겨 붙는
다. 눈은 앞으로 걸어가길 원하지만 발은 나도 모르게 뒷걸
음질 친다.

행복을 원한다면 반드시 참회와 회개를 거친 후, 나조차
도 찾을 수 없는 곳에 과거를 완전히 봉인하면 된다. 내 것
이든 상대방 것이든.

49

아내를 기다리는
제주 공항 대합실.
모든 사람이
아내로 보였다가 사라지고
보였다가 사라지고
보였다가 사라진다.

✦

일주일에 세 번, 아내는 매트를 들고 필라테스를 하러 간다. 빌라 3층 우리집 창밖으로, 건물들 사이를 총총총 걸어가는 아내가 보인다. 멀리서 봐도 뒷모습만 봐도 처음처럼 마음이 설렌다.

상대방 위치를 지도상에서 볼 수 있는 앱을 깔았다. 내가 먼저 퇴근한 날이면 1층 주차장에서 아내를 기다린다. 아내가 점점 다가올수록 내 마음도 두근두근 설렌다.

서로 한가한 오후 시간, 아내가 전화를 한다. 전화기에 뜨는 아내 사진을 보면 기분이 좋다.

"여봉~!"

아내 목소리는 더 좋다.

결혼 8년 차 우리 모습이다. 내가 옳았다. 사랑을 결단하니 감정은 퐁퐁 샘솟는다. 날이 갈수록.

사랑을 결단한 후 사귀게 되면 좋은 점이 둘 있다. 거의 0에서 시작했기에 상대방의 장점들을 하나씩 발견해가는 재미가 쏠쏠하다. 상대방 장점들은 그 사람을 더 사랑할 수 있는 부스터다.

상대방의 단점은 그 사람이 싫어지는 이유가 될 수도 있다. 그렇게 사랑은 식어간다. 사랑을 결단하면 상대의 단점까지 포용할 수 있는 힘이 생긴다. 그래서 단점은 상대방을 더 사랑할 수 있는 동기가 된다.

50

48세에 죽음을 맞이한
신사임당이
몇 살 더 많은 남편에게
유언을 남긴다.

"다른 여자와 재혼하지 마세요."

남편은 아내 부탁을 들었을까?
재혼해서 10년을 더 살다 죽었다.
남편 이름은 이원수다.

"오빠는 내가 죽어도 재혼할 수 없어."

"왜 그렇소?"

"이 세상에 오빠를 맞춰줄 수 있고 더 좋은 사람이 되도록 이끌어줄 사람은 나밖에 없잖아."

"맞소. 그럼 부인은?"

"나야 어떤 사람과도 잘 살 수 있지."

분하지만 맞는 말이다.

"그래도 이 생에 결혼은 오빠와 한 번뿐."

묘하게 고맙다. 혹시 가스라이팅?

나는 매일, 매시간 아내에게 최선을 다한다. 그래도 어제의 나를 보면 부족할 때가 있다. 하지만 실망하진 않는다. 어제의 나에겐 그게 최선이었을 테니까. 어제의 부족함을 반성하고 오늘 최선을 다한다. 최고 남편이 되려고 한다.

그래서 나는 혼자가 되더라도 재혼할 수 없다. '최선'은 이미 지금 아내에게 써버렸으므로.

51

"곡을 한 줄도 쓰지 않는 날은
단 하루도 없다는 것이
나의 신조라네."

천재의 대명사 베토벤이 했던 말이다.
천재는 보통 사람보다
다섯 배 더 노력한다는 연구가 있다.
노력도 재능이다.

결혼해서 지금까지 우리 부부는 딱 생활할 수 있을 만큼만 벌 수 있었다. 모자라지도 않고 넘치지도 않으니 어찌 아니 행복하리오.

뻥이다. 바늘 하나만 더 얹어도 무너질 것 같은 빠듯한 예산은 만감을 교차하게 만든다. 하지만 어떤 모양으로도 짠한 지인들이 생기기 마련이고, 어떻게 해서라도 돈을 만들어 그들을 도왔다.

아내 지인 부부가 제주에 정착했다. 넉넉지 않은 부부라 아내는 10년도 훨씬 전부터 여러 번, 크게, 부부를 도왔단다. 제주 정착 이후엔 나까지 합세해 기회가 닿을 때마다 지인 부부를 물질적, 물리적으로 도왔다.

보수도 꽤 괜찮고 무엇보다 제주에 굳건히 자리잡을 수 있는 좋은 기회가 생겨 득달같이 그 부부에게 알려줬지만 예상하지 못한 답이 돌아왔다.

"그 일을 하면 가족과 보낼 시간이 모자라. 어쨌든 고마워."

이런 일이 여러 번 반복되자 아내가 폭발했다.

"우리 시간을 희생하면서 번 돈으로 저들을 도왔는데 왜 저들은 열심히 살지 않을까?"

나 역시 기분이 좋지 않았지만 아내에게 솔직한 생각을 말했다.

"열심의 기준이 사람마다 다를 수 있소. 본인들은 최선을 다하는데 최선의 기준이 더 높은 사람에겐 나태해 보일 수도 있소."

나는 내 생각이 옳다고 생각했고, 아내는 아내 생각이 옳다고 생각했다. 다른 사람들과도 유사한 일들이 꽤 있어서 우린 오래, 여러 번 논쟁했지만 결론은 나오지 않았다.

시간이 지나면 각자 생각이 바뀔 수도 있으니 당분간은, 도왔다가 시험에 들 수 있는 지인들 돕는 것은 중지하기로 했다. 내가 받는 정신적 피해(돕고 싶은 데 도울 수 없는)보다 아내가 얻을 마음의 평화가 훨씬 크니까.

겨울밤, 우리를 따뜻하게 하는 것은 옆집에서 뿜어나오는 불빛이다. 하지만 옆집이 지옥일 때도 있다. 타인과 사는 것, 참 어렵다.

52

지성감천 至誠感天

최선을 다하면 하늘이 감동한다.

지성감처 至誠感妻

최선을 다하면 아내 역시 감동한다.

대학에서 헤겔 수업 들을 때였다. 개념 잡기가 쉽지 않았다.
독일에서 오래 유학하신 교수님이 무심한 듯 내뱉는다.

"독일 학생들도 헤겔이 제일 어렵대요. 한국 학생이 헤겔
을 공부하는 건 독일 학생이 퇴계 철학을 공부하는 것과 비
슷한 난이도입니다."

큰 위로가 됐지만 우스운 성적으로 수업을 마감했다. 위
로와 성적은 별개였다. 그러니 본전 생각이 간절했다.

'헤겔을 어따 써먹을꼬?'

잠들기 전 아내가 결혼해서 좋은 점을 묻는다. 이건 질문
이 아니다. 무조건 자신을 감동시키라는 명령이다. 거짓이
들어가면 안 된다. 진부陳腐한 건 더 나쁘다. 진부란 썩은 생
선腐(썩을 부)을 늘어놓는陳(늘어놓을 진) 테러 행위다.
초 긴급 상황이라 뇌가 팽팽 돌아간다. 30년 전 헤겔 변
증법을 떠올려 내 맘대로 응용했다.

부부는 50과 50이 만나 100이 되는 게 아니오.

100과 100이 만나 새로운 100이 되는 것이오.

그래서 한쪽이 죽거나 헤어지면

예전의 100으로 돌아가는 게 아니라

그냥 50이 되어버리는 것이오.

결혼 전 자신으로는 결코 돌아갈 수 없소.

그래서 당신이 아프면 내가 아픈 것이고

당신이 죽으면 나도 죽는 것이오.

부인은 내 반쪽이 아니라 바로 나요.

만족한 아내는 내 머리를 쓰다듬으며 잠이 들었고 나 역시 내 머리를 토닥이며 행복한 밤을 누렸다. 인문학 공부는 어디로 가지 않는다. 언젠가는 써먹는다.

땡큐, 아니 당케 쉔, 헤겔 할아버지.

53

지켜보는 사람이
더 아픈 것,
그래서 부부다.

♥

내 몸은 충전기 없이 밤새 켜놓은 전화기와 비슷하다. 아침에 일어나면 배터리가 바닥이다. 잠들기 전보다 더 방전된다. 운동, 커피, 녹차 등으로 오전 내내 탁한 머리와 씨름한다.

아내는 반대다. 에너지를 완벽히 소진하고 거의 실신 상태로 잠든다. 새벽이 되면 '아싸' 소리 지르며 침대에서 벌떡 일어난다. 매트리스에 인간 충전 키트가 달려있나 보다.

8년 동안 이랬던 아내가 며칠째 잠을 설친다. 스마트워치를 확인했더니 산소포화도가 기준치 밑으로 조금 떨어졌다. 이비인후과에 가서 진료를 받으니 수면무호흡 증상일 거라고 한다. 정밀 검사는 예약이 많이 밀려있는 상태. 인터넷을 뒤진 아내는 뇌세포가 죽고 뇌졸중에 심근경색까지 올 수 있다는 정보를 찾아내고 바짝 쫄았다. 우리는 무조건 구십까지 산다며 아내를 다독이고 일터로 향했지만 마음이 편치 않았다.

오후 2시쯤 갑자기 아내가 호출한다.

"오빠, 나 숨쉬기가 너무 힘들어."

득달같이 집으로 달려갔더니 아내는 가쁜 숨을 몰아쉬며 숨쉬기가 힘들단다. 복숭아처럼 발그레하던 얼굴엔 핏기가 사라졌다. 10분 거리 종합병원까지 가는 길이 산티아고 800킬로미터 순례길처럼 멀게 느껴졌다.

'신이시여, 그냥 혼자 살게 두시던지, 왜 결혼하게 하셔놓고 이 여인을 빼앗아 가려 하십니까?'

주중이라 그런지 응급실이 한산하다. 증상을 말하니 젊은 의사가 고개를 갸웃거린다. 가냘픈 실마리라도 잡으려는 형사처럼 이것저것 계속 질문을 쏟아낸다.

일단 침대에 누워 수액을 꽂고 심전도를 쟀다. 딱 봐도 대빵으로 보이는 백발 의사 선생님이 오더니 이것저것 묻는데 갈수록 떨떠름한 표정이다. 나는 아내를 잃을까 애가 타는데.

심전도를 체크하고, 엑스레이를 찍고, 혈액 검사를 하고, 다시 침대에 누워 수액을 맞고 있는데 대빵 의사가 와서 말했다.

"심전도와 엑스레이도 정상이고 혈액 검사 결과도 정상입니다. 환자분은 지금 완벽히 건강한 상태예요."

우리가 한심해 보였는지 꾸짖듯 말했다.

"스마트워치로 산소포화도를 재는 건 정확하지 않을 수 있어요. 내가 그쪽 전문가가 아니라 수면무호흡에 대해 정확히는 말하지 못하겠지만 자꾸 그런 수치를 보다 보면 없던 병도 생길 수 있어요."

의사는 한 박자 쉬고 내지른다.

"환자분은 수면무호흡증이라는 걸 확인받고 싶어 하는 것 같아요."

응급실에서는 더 해줄 게 없으니 발딱 일어나 가란다. 수액도 90퍼센트나 남았는데 돌팔인가?

떨떠름한 심정으로 수납하고 돌아서는데 출입구 앞 전신 배너 안에서 대빵 의사가 환하게 웃고 있다. 경력이 화려하다. 서울대 의대 학사, 석사, 박사. 분당 서울대 병원 교수,

삼성의료원 교수….

응급실 침대에 20분 누워있다 가는 게 전부인데 아내 얼굴에 화색이 돌아온다. 숨 쉬는 건 정상으로 돌아왔고 머리만 조금 무겁단다. 잠시 돌팔이로 의심했던 대빵 의사 선생님은 화타였다. 죄송합니다, 선생님.

집으로 돌아와 책을 뒤져 한 구절을 아내에게 읽어줬다.

걱정을 계속하면 걱정하던 증상이 실제로 나타날 수 있다. 질병을 찾으려는 뇌에 줏대 없는 몸이 반응해서 계속 질병을 시뮬레이션하고, 이런 상태가 계속되면 없던 병이 진짜 생길 수 있다. 이런 걸 '노시보 효과'라고 한다. 플라시보 반대말이다.

병원도 갔다 오고, 수액도 몇 방울 맞고, 의사한테 면박도 당하고, 남편이 문헌 증거도 찾아줘서 그런지 하룻밤 자고 난 아내는 상태가 상당히 좋아졌다.

문제는 나다. 병원 갔다 온 저녁부터 진이 빠지고 머리가 아프기 시작했다. 며칠째 잠도 설치고 머릿속에 스모그가 찬 것처럼 멍한 상태가 계속된다. 장도 뒤집어진 것 같다.

"내가 아픈데 왜 오빠가 더 아파?"

나는 고통을 잘 참는다. 어디에 베이고 찍혀도 모르다가 흐르는 피를 보고 알아챈다. 제주 살며 지네에 두 번 물렸고 (집 안에서), 말벌에 한 번 쏘였지만 연고만 바르고 참아냈다. 정형외과에서 충격파 치료를 하면 치료사가 고개를 갸웃거린다.

"환자분 안 아프세요?"

안 아프겠냐? 뼈를 그렇게 내리치는데. 그냥 쎈 척하는 거지. 치통 빼고는 거의 다 참아낸다. 그렇게 스스로를 단련해온 것 같다.

하지만 아내 고통에는 정반대다. 아내가 아프면 내가 더 아프다. 오장육부가 동시에 반응한다. 아내가 하루 앓다 회복하면 나는 일주일간 비실거린다. 좋은 건지 나쁜 건지 모르겠다.

54

그때 내가
곁에 있어주지 못했네.
미안하다. 내 사람아.

✳

신께서 내 아내를 만드실 때 뇌세포 성능을 상위 1퍼센트로 세팅하셨다. 그리고 아차 싶으셨는지 아내 키를 확 줄이셨다. 아내가 교만해질까 봐, 혹은 불공평한 처사라 사람들이 원망할까 봐. 태어나서 키보다 아이큐가 더 높은 여자는 처음 봤다. 그 여자가 내 아내라 신기하다.

덩치가 작아 먹는 양도 적다. 먹는 양 대비 일하는 양과 질을 따지면 아내는 스티브 잡스급이다. 효율성 짱이다. 덕분에 나는 떡볶이를 먹어도 1.5인분, 팥빙수를 먹어도 1.5인분을 먹는다. 좋긴 한데 아내와 비교하면 효율이 확 떨어진다.

아내는 작은 키도 장점으로 승화시킨다. 가로로 누워도, 세로로 누워도, 자기 맘대로 누워도 어지간하면 침대 프레임을 벗어나지 않는다. 이불은 아예 가로세로 구분 없다. 아무렇게나 덮어도 온몸이 다 들어간다. 정말 효율성 최고다.

새벽에 화장실 갔다 침대로 들어올 때, 조그맣게 자고 있는 아내를 보면 한 번도 빠짐없이 측은하다.

새로 산 예쁜 바지를 잘라야 했을 때 슬프지는 않았을까?

손 닿지 않는 곳이 많아 집에서도 많이 불편했겠지?

만원 지하철 속에선 키 큰 사람들 사이에 끼어 얼마나 답답했을까?

키 작다고 행여 놀림 받지는 않았을까?

이 작은 몸으로 이 세상 살아오는 게 얼마나 힘들었을까?

그때 내가 곁에 있어주지 못했네.

미안하다, 내 사람아.

55

가톨릭 교부들은
우리 오른쪽 어깨엔 천사가,
왼쪽 어깨엔 악마가 산다고 했다.
누가 이길까?

평소에 잘 먹인 쪽이 이긴다.

시골 살다 제주 시내로 이사 오니, 동트기 전 도심을 산책하는 재미가 쏠쏠하다. 왜 어두울 때 산책하냐고? 마주치는 사람이 없어 편하다.

겨울 어느 새벽, 그날도 컴컴한 동네를 거닐다 중학교 앞 신호등 없는 사거리 횡단보도를 건너게 됐다. 두서너 대 차들이 교차하는 중이었고 좌회전해서 내 쪽으로 오려는 차도 보였다.

나를 못 볼 수도 있겠다 싶어 그 차를 주시하며 횡단보도를 건는데 역시나, 살면서 맞아본 적 없던 직감이 제대로 맞았다. 좌회전하는 차는 나를 향해 돌진해 내 손등을 치고 섰다. 빨리 걷지 않았으면 큰 사고로 이어질 뻔했다.

사고 후 창문을 내리더니 여성 운전자가 미안하다며 못 봤다는 말만 계속한다. 차에서 내리지도 않고 진심도 느껴지지 않는 사과에 더 화가 났다. 정신 차리시라고, 횡단보도에서 사람 치면 중범죄라고, 그렇게 말로 끝냈다.

씩씩대며 걸어가는 10분쯤, 머릿속으로는 온갖 욕이 나왔다. 차를 발로 내리 차고, 창문을 부수고, 헐크처럼 아예 차를 데굴데굴 굴려버렸다.

그러다 분노가 서서히 가라앉은 자리를 당혹감이 채운다.

'내가 원래 이렇게 난폭한 사람이었지. 그 본성이 하나도 사라지지 않았구나. 잘도 숨어있었네.'

본성은 사라지지 않고 사회화가 가려줄 뿐이라는 심리학자 말이 맞았다. 걱정이 밀려왔다. 혹시나 내가 치매에 걸리면 이 악한 본성을 아내가 고스란히 감당해야 할 텐데.

집으로 돌아와 아내에게 말했다. 치매가 와서 내가 헛소리하기 시작하면 무조건 요양원으로 보내라고. 아니면 산책 가는 척 데리고 나가 어디 산에다 갖다 버리라고. 어차피 나는 뭐가 뭔지 모를 테니까 힘들지 않을 거라고. 진심이었다.

아내는 되묻는다. 자기에게 치매가 와도 그렇게 할 거냐고.

"그건 안 되지."

아내도 그렇다 한다. 남편을 어떻게 버릴 수 있냐고. 하지만 나는 소망한다. 내가 치매에 걸리면 아내가 과감하게 나를 버려주길. 나 때문에 아내가 힘든 건 치매보다 견딜 수 없다.

일단은 마음 수양에 더 힘쓰기로 했다. 사라지기 힘든 본성이라도 반복적으로 마음을 닦아놓으면 어느 정도 블로킹할 수는 있겠지. 이제는 깜빡이 없이 끼어드는 차들도 그러려니 하고 넘어간다. 무례하게 행동하는 사람들을 봐도 실수겠지, 하고 넘어가려고 한다.

아내가 수면무호흡증 검사를 받으러 병원에 갔을 때다. 잠을 자며 받는 검사인데 잠들기 전에 연결해둔 선이 중간에 하나 빠져버렸다. 밤새 모니터링 한다던 20대 당직 간호사는 어디론가 사라졌다. 아무리 전화해도 음성사서함으로 넘어간다. 마지노선인 새벽 1시까지 기다려도 응답이 없어 아내와 그냥 집으로 왔다. 새벽 2시쯤 간호사에게 문자가 왔다. 잠들었다고, 너무 미안하다고. 6시간을 허비했다. 책임감과 직업윤리, 이런 거 따지기 전에 그냥 마음이 짠하다. 얼마나 피곤하면 그랬을까. 원수를 사랑하고 이웃을 사랑하라던 예수님 말씀이 희한하게 이루어지고 있다.

치매 관련 책들도 탐독했다. 미국 전문가들 책을 따라가다 보니 최고 전문가를 알게 됐다. 솔루션도 있단다. 하지만 불가능하다. 매주 (미국에 있는) 병원에 가서 다양한 수치를 체크해야 하고 비용도 어마어마하다. 저자도 써놓고 민망했는지 일단 음식이라도 조심하라고 한다.

치매를 부르는 음식 1위가, 세상에, 내 최애 음식 감자튀김이란다. 튀긴 밀가루에 설탕을 묻힌 게 제일 해로운 음식이라는 내용을 읽은 적 있다. 내 두 번째 최애 음식이 이렇게 만든 도넛이다.

아는 게 힘일까? 아니면 아는 게 병일까?

제대로 물은 질문에는
반드시 답이 있다.

✳

신혼살림으로 식기 세척기를 장만했다. 기대가 컸다. 하지만 두세 번 써보고는 실망했다. 자동차가 저 혼자 달리고 인공지능이 의사고시와 변호사 시험을 통과하는 시대가 왔지만 식기 세척기는 아직도 접시 안쪽에 묻은 고춧가루를 깨끗이 닦아내지 못한다. 고기나 생선에서 나온 기름은 말할 것도 없고 나물에 살짝 들어간 참기름도 완전히 제거하지 못한다. 밥그릇에 들러붙은 밥풀은 아예 넘사벽이다.

음식물이나 이물질을 가볍게 닦아낸 그릇을 식기 세척기에 넣고 돌렸다. 기름기는 휴지로 완전히 닦아낸 후 넣었다. 음, 완벽하군. 하지만 현타가 온다. 그럼 식기 체척기가 왜 필요하지?

어떻게 하는 게 옳은 것일까 고민하다 몇 년이 흘렀고, 이제 우리집 식기 세척기는 설거지 끝난 그릇을 말리는 공간으로 훌륭하게 사용되고 있다.

식기 세척기에서도 차고 넘친 그릇은 싱크대 안 금속 그물망에서 말린다. 밤새 말린 식기들을 수납장에 차곡차곡 정리하면 마음이 그렇게 푸근할 수 없다. 여름날 햇빛에 바짝 말린 수건이나 이불을 걷을 때, 딱 그 기분이다.

이 평화를 깨는 인물이 우리 집에 있다. 두 식구 사는 집이니 그게 누군지 뻔하지만 차마 내 입으론 말 못한다.

그분은 꼭두새벽에 일어난다. 곧바로 싱크대로 가서 커피 끓일 물을 받으려고 수도꼭지를 여는데 아주 박력 넘친다. 컵을 헹구기도 한다. 그렇게 밤새 뽀송뽀송 건조된 그릇들은 물방울을 다시 뒤집어쓴다. 코카서스 산맥 어딘가에 묶여 낮에는 독수리에게 간을 쪼이고, 밤새 회복시킨 간을 다음날 다시 독수리에게 쪼이는 프로메테우스. 반복되는 고통을 벗어날 수 없는 불쌍한 프로메테우스.

이 고충을 그분에게 말하자 전혀 몰랐다며 조심하겠단다. 하지만 며칠 후 제주 프로메테우스는 또 고통받는다. 다시 회담이 이어지고 조심하기로 약속받았지만 한 며칠 나아지는 듯하다가 또 반복이다. 스트레스가 슬금슬금 내 몸 면역체계를 공격하는 게 느껴진다.

이건 그분이 고칠 수 있는 문제가 아니구나. 안 되는 걸 자꾸 고치라고 하는 것도 폭력이다.

"젖은 그릇을 말리는 다른 방법이 없을까?"

제대로 물은 질문에는 반드시 답이 있다. 답을 찾았다.

그릇에 묻은 물이 마르기를 기다리지 말고 내가 말리자. 어느 정도 물이 빠지면 수건으로 물기를 완전히 닦아 바로 수납장에 넣어버린다.

드디어 우리집 주방에 완벽한 자유가 임했다. 나는 더 이상 그릇에 튄 물로 스트레스받지 않을 자유, 그분은 마음 놓고 싱크대에서 물을 쓸 자유를 누린다.

설거지 그릇은 자연스럽게 스스로 말라야 한다는 것, 내 편견이자 프레임이었다. 그분에게 미안했다. 내가 좀 더 깊이 생각했으면 됐을 일을. 이 일을 계기로 좀 더 그분과 나를 살피게 됐다. 내가 또 놓치고 있는 것은 없는지.

프로메테우스는 '행동하기 전에 생각하는 자'란 뜻이다. 내가 그런 사람인 줄 알았다. 하지만 나는 행동하고 나서 생각하는 자, 프로메테우스 동생 에피메테우스였다. 그래도 에피메테우스 닮은 꼴에서 그쳐 다행이다. 이들 형제에게 동생이 있으니, 아틀라스다. 그를 닮았다면 어떻게 됐을까.

온 세계를 어깨에 멘 사나이.
다 지지 못할 것을 어깨에 메고

마음은 무거움에 터지려 한다.

하인리히 하이네Heinrich Heine가 쓴 〈아틀라스의 고뇌〉다.

57

인생은 백 년이 되지 않는데
언제나 천 년 근심 품고 살지.

중국 한나라 때 시

우리 부부는 곽지해수욕장에 바짝 붙은 주택을 임대해 2년 정도 살았다. 여름밤이면 하루도 빼지 않고 바다에 들어갔다. 야트막한 수중 사구에 단단히 올라앉아 밀려오는 파도에 몸을 맡기면 상반신이 이리저리 흔들린다. 달 뜨는 밤이면 달빛마저 파도에 흔들린다.

우리 인생도 이렇겠지. 풍파가 밀려오면 너무 버티지 말고 그냥 흔들리자. 땅에 단단히 박힌 하체만 흔들리지 않는다면 흔들리던 상체는 반드시 제자리로 돌아오니까.

세상 풍파 불어올 때 같이 있어주는 게 부부라면 견디기가 좀 수월하다.

놓칠 수 없는 것을
지키기 위해
지킬 수 없는 것을
포기하는 것은
잘못된 선택이 아니다.

짐 엘리엇Jim Elliot

독신으로 살겠다는 결심을 깨고 결혼하겠다고 했을 때 가장 걸림돌은 아이 문제였다. 자녀에게 들여야 할 감정, 정서, 물질, 시간의 헌신을 감당할 능력이 내겐 없었다. 나는 내 부모님이 내게 주셨던 무조건적 희생을 내 아이에게 할 수 없었다. 해야 한다면 하긴 하겠지만 내 성향상 그게 나를 갉아먹을 게 분명했다.

하지만 결혼을 결단했으니 여인이 자녀를 원한다면 그것마저도 감수하겠다고 한 번 더 결단했다. 내겐 나라를 위해 목숨을 내놓은 것과 맞먹는 어려운 결단이었다.

아내 역시 자녀에 대해서는 딱히 원하는 바가 없었다. 우리는 아이가 생기면 생기는 대로, 안 생기면 안 생기는 대로 감사하며 살자고 했다.

우리에겐 아이가 안 생겼다.

신혼 초 일이다. 우리를 연결해준 친구 부인(아내에겐 친한 여동생)이 정형외과 치료를 받아야 해서 다섯 살짜리 아들을 우리에게 맡겼다. 나이답지 않게 순하고 말 없는 아이라 두세 시간 정도야 뭐.

날로 먹기 위해 아이를 데리고 공립도서관 어린이 서가로 갔다. 도서관에 올 때마다 슬쩍슬쩍 보니 아이들은 그림책에 꽤 몰두하더라. 하지만 모든 아이들이 그런 건 아니었다. 친구네 아이는 10초를 못 넘기고 계속 대답할 수 없는 질문을 던졌다. 질문에 지쳐 슬쩍 모른 척했더니 내 머리카락을 당기며 말을 건다.

이건 아니다 싶어 30분을 겨우 채우고 도서관을 나왔다. 잔디밭에서 몸싸움 비슷하게 아이랑 놀았는데 10분도 안 돼 내가 지친다.

이번에는 아이를 차에 태우고 패스트푸드 매장에 갔다. 아이가 가장 좋아하는 아이스크림을 같이 먹으며 멍한 표정으로 시계만 봤다. 아내 얼굴에는 아예 핏기가 없었다. 군대 시계도 이보다는 빨리 갔다.

맞다. 우리 부부에겐 아이를 키울 능력이 부족했다. 능력도 재능이다.

신혼 초, 누나는 우리 부부에게 사정했다. 더 늦기 전에 하나만 낳으라고. 낳으면 자기가 다 키워주겠단다. 진심인 걸 안다. 하지만 진심으로 헛소리하는 사람들이 더 무섭다. 누나 딸 둘은 내 엄마가 다 키웠다.

아이를 안 낳으니 소비 시장이 줄어들고 부동산 가격도 내려가고 연금 문제도 생길 거란다. 인간을 '소비 주체'나 '돈'으로만 보는 것 같아 기분이 좀 그렇다.

좋은 면을 보자. 인구가 줄어들면 노동력 가치가 올라가고 인간을 대하는 시선이 더 따뜻해지지 않을까? 우리나라는 인구가 줄지만 저개발국가는 인구 폭발이다. 저개발국가 노동자들을 더 많이 받아들이고 인간적으로 대접해준다면 또 다른 세상이 열리지 않을까? 미국도 한때 그런 나라였다.

어쨌든 아이들을 양육하는 이 땅의 부부들, 진심으로 존경한다.

59

오십을 지천명知天命이라 한다.
천명天命,
즉 하늘의 명령을 아는
나이라는 말이다.

중국에서는
다르게 해석하는 모양이다.
아무리 열심히 해도
얻을 수 없는 게 있다는 사실은
오십이 되어서야 알 수 있다.

군대 가기 전까지 나는 체인 스모커였다. 피우던 담배가 사그라들면 그걸로 새 담배에 불을 붙여 네 개피 정도는 연이어 피웠다. 지금 생각하니 중독이었다.

"김 일병님, 담배 한 대 피워도 되겠습니까?"

담배 하나도 허락받고 피워야 하는 시스템이 비굴해서 군대에서 담배를 끊어버렸다.

학교로 돌아와서 다시 담배를 피웠는데 패턴이 희한하다. 중독은 사라졌고 능동적 흡연자라고 할까.

책 보다가 잠시 쉴 때
밤새 책 볼 때
술자리에서
장거리 야간 운전할 때

30대가 되면서는 아예 끊었다. 아이들을 가르칠 때 냄새나는 것도 그렇고, 나는 담배 하나 못 끊으면서 아이들에겐

게임 끊고 연애 끊고 텔레비전 끊고 끊고 끊고 하는 게 미안
해서였다.

  제주에 사니 다시 담배가 피우고 싶다. 왜 그런지는 모르
겠다. 걷다가 바닷가에서 쉴 때 옛날처럼 피우고 싶고, 풍광
좋고 한적한 시골 마을 산책할 때도 피우고 싶다. 밤늦게까
지 책 봐야 할 때 내 옆을 지켜주던 담배 연기가 그립다.
  내 고민을 듣고 아내가 말한다.

  "오빠, 우리 팔십 되면 같이 피우자. 그때쯤이면 담배를
피워도 대세엔 지장 없을 듯. 난 폼나게 곰방대로 피울래."
  "육십부터 피우면 안 되겠소?"
  "우리 목표가 구십까지 건강하게 살다가 가는 거잖아."

  나보다 판단력이 좋은 사람이 옆에 있다는 것, 그 사람이
아내라는 것, 축복이다.

60

하버드대학교 경제학과 그레고리 맨큐Gregory Mankiw 교수는 경제학의 10가지 원리를 말했다.

제1원리 : 모든 선택에는 대가가 있다.
제2원리 : 선택의 대가는 그것을 얻기 위해
포기한 그 무엇이다.

이걸 합쳐 '기회비용'이라 부른다.
어떤 것을 선택하면서 포기한 것 중 가장 가치가 높은 게 기회비용이다. 산토끼 잡으려다 집토끼 놓친다, 에서 집토끼가 기회비용이다.

아내는 30대까지 암벽 등반, 스노우보드, 패러글라이딩 등을 즐겼다고 한다. 지금도 가파른 경사길만 만나면 보드 타고 싶다고 난리다.

"부인, 우리 나이를 생각하시오. 그런 거 하다가 뼈 부러지면 붙지도 않소."

그래도 징징거리면 나도 무기를 꺼낸다.

"나도 30대 때 즐기던 길 없는 한라산 돌파하기, 바닷가에서 비박하기 등을 하고 싶소. 그래도 되겠소?"

그러면 아내도 수그러든다. 물론 몇 달 후 또 반복이지만. 나도 진심으로 하고 싶다. 하지만 아내가 있는 이상 조금이라도 위험한 취미 생활은 해서는 안 된다. 위험하지 않더라도 아내가 신경 쓸 일은 해서는 안 된다. 그게 아내를 향한 배려이고 사랑이다, 라고 나는 생각한다.

받을 보상은 극대화하고 나갈 비용은 최소화하려는 게 인간 본성이다. 하지만 하나를 얻기 위해서는 하나를 온전히 포기해야 할 때가 많다. 어떤 것을 포기할 것인가는 내게 달려있다. 결혼 생활을 위해, 아내를 위해, 나는 많은 것을 포기했고 아내 역시 그러하다.

결혼 생활에 비용을 인색하게 지불하면 더 큰 청구서를 받을 수 있다. 그 청구서엔 '깨진 관계'가 인쇄되어 있다.

결혼을 한다는 것은 어렴풋이 알던 클럽에 회원으로 가입하는 것이다. 회원이 치러야 할 비용은 끝없는 □□이다.

□□ 자리에 어떤 것을 넣을까?

헌신이나 희생을 넣을 수도 있고 재미, 친구, 취미, 술자리를 넣을 사람도 있겠다. 이런 비용 분석 없이 결혼이라는 클럽에 가입하기에 결혼 생활이 힘든 게 아닐까?

살다보면 못된 자아가 불쑥불쑥 튀어나올 때가 있다. 그럴 때마다 나는 클럽 회원비로 작정한 '헌신'을 떠올린다. 회원비는 매일매일 죽을 때까지 내야 한다.

못 하나가 없으면 신발을 잃는다.

신발이 없으면 말을 잃는다.

말이 없으면 말 타는 사람을 잃는다.

말 타는 사람이 없으면 전투를 잃는다.

전투가 없으면 왕국을 잃는다.

　영국의 목사 조지 허버트George Herbert가 1640년에 편집한 《현명한 자들의 행동Outlandish Proverbs》에 나오는 서양 속담 이다.

61

차이라는 현실로부터
자신을 차단하는 사람은,
더 심하게는 그 차이를
짓밟으려 하는 사람은
인간 삶의 신비를
깊이 헤아릴 가능성으로부터
자신을 차단하는 것입니다.

요한 바오로 2세, 1995년 10월 유엔 총회 연설 중에서 아내가 도청 근처 공공기관에서 일한 적이 있다. 어디나 그렇듯 도청 주위엔 현지인 맛집이 많다. 한 번씩 점심시간에 만나 맛난 거 먹고, 커피 한 잔 뽑아 도청 앞 공원을 걷는 재미가 쏠쏠했다.

하지만 아내는 달랐다. 재빨리 점심 먹고, 다이소 가서 필요한 거 사고, 마트 가서 장까지 보고 점심시간 종료 5분 전에 딱 일터로 돌아간다. 지켜보는 내 심장이 쪼일 정도로 점심시간을 빠듯하게 나눠 정확히 쓰는 걸 선호했다.

구정 연휴를 보내려 서울로 가던 날. 택시를 호출했는데 골목 안에서 헷갈렸는지 우리를 지나쳐 가더니 30미터쯤 앞 사거리에 섰다. 기사 아저씨가 전화할 거라고 짐도 있으니 그냥 기다리자는 아내, 짐은 내가 끌어도 되니 택시 쪽으로 가는 게 맘 편한 나다.

택시를 부르는 방식도 우리 둘은 차이가 난다. 아내는 집에서 택시를 부른 뒤 시간을 확인하고 나가는 걸 선호하고, 나는 밖에 나가서 부르는 게 좋다.

아내와 나, 둘 다 서로의 생각이 불편하다. 여러 번 의견 대립이 있었지만 저울 추는 한쪽으로 기울지 않는다. 그렇다면 한쪽이 불편을 감수하고 양보해야 할 문제다.

죽을 만큼 불편한 것도, 돌아버릴 정도로 불편한 것도 아니니 내가 양보했다.

사랑하니까. 남편이니까. 아내가 편해지니까.

62

아내를 우러러
딱 한 점만 부끄럽기를.

우리 부부는 하루에 두 끼만 먹는다. 집에서 거하게 아침을 먹고, 오후 3시쯤 각자 일터에서 도시락을 먹는다. 그러면 다음 날 아침까지 위장은 셧다운이다. 새벽 1시에 음식을 밀어넣고 바로 잠들어도 끄떡없던 위와 장이 더 이상은 못 참겠다며 복통, 설사, 부대낌으로 존재를 심하게 과시하는 바람에 아내가 특약 처방해주었다.

두 끼만 먹으니 반찬은 그저 거들 뿐, 밥 자체가 꿀이다. 반찬 투정 심한 아이들은 굶겨보라면 아동학대일 거고, 정작 아이들은 좋아라 편의점에 달려가서 컵라면과 핫바로 룰루랄라할 테니 차마 권하지는 못하겠다.

16시간 공복을 유지하니 간헐적 단식과 얼레벌레 겹쳐 만수무강 성공률이 올라갈 것도 같아 뿌듯하다. 밥값 제대로 못 하고 산 날에도 그럴 줄 알고 덜 먹었지, 하니까 정신 건강에 좋다.

토요일은 치팅데이다. 각자 일을 끝내고 6시쯤 시내에서 만나 일주일에 단 한 번 외식으로 데이트를 즐긴다. 그날 우린 세상에서 가장 맛있는 음식을 먹는다.

일평생 부귀영화를 최대치로 누려봤던 추사 김정희는 죽기 직전, 세상에서 제일 맛있는 음식은 소박해도 가족과 같이 먹는 평범한 음식이라고 했다. 미슐랭 3스타 저리 가라 했다.

며느리도 같은 생각이었을까?

세상에서 제일 맛있는 음식은 남이 해주는 음식이다. 설거지까지 생략할 수 있으면 대박이다. 그런 음식을 먹기 위해 우리는 오랜만에 순두부 전문점에 갔다. 메뉴가 휘황찬란하다.

해물 순두부, 굴 순두부, 조개 순두부, 차돌박이 순두부, 소고기 순두부, 김치돼지 순두부, 버섯 순두부. 곱창 순두부, 만두 순두부, 햄 순두부, 어묵 순두부….

인간이 스트레스 없이 선택할 수 있는 가짓수는 5개 내외다. 많아도 9개에서 끝내야 한다. 선택지가 10개를 넘어서면 심한 스트레스를 받고 뇌 기능까지 버벅거리는 사람들이 있다. 선택 장애라고도 말하는데 그게 바로 나다.

선택이 고통이 될 때, 우리 뇌는 피로와 과부하를 줄이기 위해 본능에 결정권을 내준다. 자유로부터의 도피다. 내 이성은 해물에서 차돌박이까지 빠르게 왔다갔다 하다 피곤해 쓰러졌고, 곧바로 등장한 본능은 햄 순두부를 선택했다.

맛은 그저 그랬지만 설거지가 필요 없는 행복감에 배 두드리며 나오는데 아내가 싸늘하게 묻는다.

"오빠, 나는 자주 먹기 힘들고 필수 영양소가 풍부한 굴 순두부를 골랐어."

아내에겐 선택 장애 따윈 없나 보다.

"저 많은 메뉴 중에 하필 햄이야? 오빠는 김밥 먹을 때도 햄은 골라내고 먹잖아!"

그건 이성이 살아있을 때지.

"지금까지 햄을 너무 많이 먹어, 남들 평생 먹을 아질산나트륨을 30대에 이미 다 흡수했다고 했잖아. 게다가 위에 큰 병이 난 적도 있어 조심한다며?"

아내는 참 이상하다. 주문할 땐 가만있다가 다 먹고 나니 이런다. 아내 왈, 주문하는 내 눈이 너무 반짝거려 차마 말릴 수 없었단다.

나는 논리적이고 이성적인 편이다. 하지만 맘스터치 빨간 간판, 던킨도너츠 분홍 글씨, 맥도날드 황금 로고를 보면 모든 판단이 중지되면서 들어가고 싶다, 먹고 싶다는 욕망만 내 안에서 날뛴다. 요즘엔 사거리에 생긴 서브웨이 녹색 간판이다.

아내는 아침마다 건강보조제를 한 주먹씩 챙겨준다. 각종 견과류도 끊이지 않고 준비한다. 결혼 전에 먹은 과일보다 아내와 먹은 과일이 더 많다. 매년 봄이면 무농약 레몬 농장에 가서 비상품 레몬을 왕창 사온다. 그걸 즙을 낸 뒤 얼려서 일 년 내내 식수에 타 먹는다. 남편과 건강하게 오래오래 살려고 아내가 하는 노력이다.

이런 아내를 배신하고, 나는 세상에서 해롭다고 공인된 음식만 골라서 먹는다. 나를 망치는 건 러시아 푸틴도, 온난화된 지구도, 사막처럼 변하는 제주 바다도 아니고 바로 나였다.

뇌졸중, 당뇨병, 심혈관계 질환 등 비감염성 질환은 대부분 생활 습관 때문에 발생한다. 감염성 질환과는 달리 우리 의지로 예방할 수 있다. 2011년은 인간 역사에 의미 깊은 날이다. 사상 최초로 비감염성 질환 사망자가 감염성 질환 사망자 수를 추월했다.

무슨 의미일까?

우리 스스로 선택한 죽음이 더 많아졌다는 말이다. 어떻게 죽을지를 사실상 스스로 결정하는 시대가 되었다는 말이다.

윤동주 시인은 하늘을 우러러 한 점 부끄럼 없는 삶을 기원했다. 하늘은 됐고 나는 아내를 우러러 한 점 부끄럼 없이 살고 싶다.

아직은 힘들다. 그래서 소원한다.

아내를 우러러 한 달에 딱 한 번만 부끄럽기를.

63

사람의 가치는
그가 살아온 길이에 있지 않고
매 순간을 얼마나 알차게
사용했느냐에 있다.
아무리 짧게 살았다 하더라도
내용과 결과에 따라서는
영원을 살았을 수도 있다.

몽테뉴

우리 부부는 한 번씩 사고 실험을 한다.

"젊고 예쁜 20대에 만났더라면 어땠을까?"
"능력 넘치던 30대에 만났더라면?"

어떻게 돌려도 시뮬레이션 결과는 똑같고 낄낄낄 웃음으로 끝난다.

"한 달 만에 헤어졌을 거야."
"일주일이오."

어떤 의미로든 간에 우리 부부는 깎여야 할 부분들이 많았다. 깎이지 않고 만났더라면 윤활유 말라버린 톱니바퀴가 서로를 갉아내며 돌아가듯 서로에게 상처를 주면서 결국엔 파국으로 끝났을 사람들이다.

신께선 그것을 아시고 우리가 각자 속한 세계 속에서 시련과 고통의 바다를 항해하며 모난 부분을 깎아내게 하셨고, 그렇게 서로에게 어울리는 무늬와 향을 가지게 되자 비로소 만나게 하셨다.

서귀포 토박이 지인 부부는 같은 반 중학생으로 만났고 고등학교 2학년쯤 사귀기 시작해 서른 살에 결혼식장 들어갈 때 이미 권태기였다고 농담한다. 진담인가? 그들에게서는 우리 부부와 달리 깎이고 깎아내는 시간을 오롯이 함께한 부부의 여유와 관록이 묻어난다.

서울에서 내려온 동갑내기 지인 부부는 대학교 때 만나 군대, 졸업, 취업 등을 아내가 모두 챙겨줬다고 한다. 아직도 싸우지만 싸우는 농도가 옅어지고 있단다.

한 사람에게 반 평생은 긴 것이 아니라 무거운 것이었다. 잘 죽는 게 슬그머니 소원 목록에 들어간다. 아프지 않기. 추하지 않기. 후회를 남기지 않고 떠나기.

그러기 위해선 잘 살아야 한다. 한 가지 더 소원이 있다면 다음 세상에서도 아내를 만나고 아내를 사랑하는 것이다. 그때는 조금 더 능력 있는 남편으로, 조금 더 좋은 남편으로, 아내에게 조금 더 어울리는 남자로 살기를 소원한다.

그런데 아내도 같은 생각일까?

64

나보다 일찍 죽어요.
조금만 일찍.
당신이 집으로 오는 길을
혼자 와야 하지 않도록.

라이너 쿤체, 〈당부, 그대 발치에〉

오스트리아에서 태어난 철학자 앙드레 고르André Gorz와 도린 Doreen은 58년간 부부로 살았다. 남편이 아내에게 보낸 편지다.

당신은 여전히 우아하고 아름답소.
함께 살아온 지 58년이 되었지만 나는 당신을 더 사랑하오.

아내는 불치병에 걸렸고 남편은 아내를 20년 넘게 간호했다. 죽은 아내를 화장하고 상자에 든 아내 재를 만질 수 있을까?

세상은 텅 비었고 나는 더 살지 않으려네.

남편은 아내와 동반 자살한다.

혹시라도 다음 생이 있다면 거기서도 함께합시다.

우리 부부는 한 살 차이다. 기대수명 통계나 식성으로 봐선 내가 먼저 죽을 확률이 월등히 높다. 그래서 내 기도는 깊

어진다. 아내보다 더 살게 해달라고. 길게도 말고 딱 일주일
만 더 살게 해달라고. 내 손으로 아내가 남긴 모든 것을 깔
끔히 정리한 후, 아내가 기다리고 있는 곳으로 가는 것, 그
게 이 땅에서 내 마지막 임무이길 소망한다.

결혼 전 아내에게 보낸 편지다.

우리는 서로에게 최선의 사람이오.
최선을 최고로 만드는 것은
우리의 노력과 헌신과 희생.
평생 우리가 해나가야 할 작업이오.

주어진 수명을 다 채운 그날
반드시 오고야 말 그 저녁에
서로의 눈을 보며 말할 수 있을 것이오.
당신은 나의 최고였다고.

이 땅에서 마지막 키스를 나누며
자신 있게 말할 것이오.
당신과 함께할 수 있어서 참으로
행복했다고.

에필로그

○
○

내 할아버지에 할아버지에 한참 위 할아버지는 서울 사람
이었다. 사촌 형이 알 수 없는 사건으로 목이 달아나는 것을
보시곤 완전히 쫄아 가족들을 데리고 야반도주하셨다. 단
종 때 일이다.

북쪽으로 도망갔으면 내 삶이 대단히 비참했겠지만 다행
히 남쪽으로 튀셨다. 그런데 너무 튀셨다. 남쪽 끝까지 내려
가 바다를 만나니, 바다를 건너 어느 큰 섬으로 들어가셨다.
각도를 왼쪽으로 틀었으면 대마도, 오른쪽으로 틀었으면 제
주도까지 갈 뻔했다.

섬 밖으론 절대로 나가지 말라는 유언을 남기셨다. 자손
들은 대대로 대왕 할아버지 유언을 잘 지켰다. 내 아버지는
달랐다. 고구마와 생선만 먹고 사는 가난이 싫어 중학교를

마치고 부산으로 튀었다. 한국전쟁이 막 끝난 혼란기였다.

아버지는 30대쯤 자수성가하셨는데, 아홉 살 어린 하숙집 셋째 딸에 홀딱 반했다. 하숙집 딸은 동네에서 소문난 미모에 머리도 명석해 따라다니는 남자가 몇 있었다.

아버지는 집안 어른들을 공략했다. '거참 젊은 친구가 돈도 시원하게 잘 쓰네. 마누라 고생 안 시키겠어'라는 어처구니없는 판단을 이끌어 내어 결혼에 성공했고 우리 남매를 낳았다. 부모님 명령에 끽 소리 못하고 아버지와 결혼한 하숙집 셋째 딸이 내 엄마다.

내 사촌과 육촌 절반은 그 섬에 그대로 남아 시금치 밭을 일구고, 마늘을 키우고, 유자를 재배하고, 김을 양식하고, 멸치를 잡으며 산다. 다들 힘들지만 넉넉하게 산다. 나머지 절반은 실업계 고교를 졸업한 뒤 부산으로 와서 은행을 다니다 은퇴했고, 자동차 공장에서 일하고, 백화점에서 일한다. 그럭저럭들 산다.

사촌과 육촌 통틀어 세 명만 대학에 들어갔다. 그중 하나가 고종사촌 동생인데, 중학교 때까지 그 섬을 통틀어 최고 인재라는 평판을 얻었고, 가까운 소도시로 나와 고등학교를 다녔다. 중학교 때 명성과 달리 이름 있는 대학엔 진학하지 못했다. 대학에 들어간 나머지 두 명이 우리 남매다. 둘 다 흔히 말하는 명문대에 들어갔다.

아버지가 그 섬을 벗어나지 않았다면 아마 나는 그 섬에서 어부로 살거나, 대왕 할아버지 유언을 무시하고 부산으로 튀었어도 조직 생활을 견디지 못하고 다시 그 섬으로 되돌아가서 어부가 되었을 확률이 높다.

아버지 사업 실패로 중·고등학교 내내 심각한 가난을 겪었지만 그래도 대도시에 살았기에 문화 혜택을 누릴 수 있었고, 사촌 동생보다 입시에 유리할 수 있었고, 좋은 대학도 들어갈 수 있었다.

나는 서울대학교를 졸업했다는 단 하나의 이유로, 말도 안 되는 혜택들을 사회로부터 받았고, 내 것인 양 마음껏 누리며 살아왔다. 인생을 중간 결산해보니 내가 누리고 있는 것의 90퍼센트 이상은 내 노력보다는 운이었다. 이건 불공평하다. 정의롭지 않다.

내가 지금까지 책 몇 권을 썼고 앞으로도 쓰는 것은 이러한 불공평과 불의에 대한 미안함의 표현이며, 내가 그저 받은 행운을 사회에 갚기 위한 지적 노동이다.

결혼은 내게 또 다른 행운이었고, 과분한 처사였고, 그로

인한 부채 의식이 이 책을 쓰게 했다. 기대수명을 90세로 봤을 때 아직 살아갈 시간이 꽤 남았지만 나는 내 인생 최고의 행운 세 개를 이미 다 받았다.

- 내 아내를 만난 것
- 내 아내와 결혼한 것
- 내 아내의 남편으로 사는 것

결혼을 망설이는 사람들, 결혼했는데도 행복하지 않은 사람들에게 햄릿이 절친 호레이쇼에게 한 말을 인용해 글을 맺는다.

하늘과 지구에는 자네가 상상 속에서 꿈꾸었던 것보다 훨씬 더 많은 것이 있다네.

결혼도 그렇다네.

아내를 우러러 딱 한 점만 부끄럽기를

ⓒ조이엘, 2023

초판 1쇄 발행 2023년 9월 7일

펴낸 곳	섬타임즈
펴낸이	이애경
편집	이안
디자인	박은정

출판등록	제651-2020-000041호
주소	제주시 애월읍 소길1길 15
이메일	sometimesjeju@gmail.com
대표전화	0507-1331-3219
인스타그램	sometimes.books

ISBN 979-11-974042-8-3 03810